DES MÊMES AUTEURS

GIHEF - CALLÈDE

Aux Éditions Dupuis
Haute Sécurité (2 tomes)

Aux Éditions Vents d'Ouest
Enchaînés (4 tomes)

GIHEF

Aux Éditions Nuclea²
en collaboration avec Derrien :
R.I.P. Limited (1 tome)

CALLÈDE

Aux Éditions Delcourt
en collaboration avec Denys :
Comptine d'Halloween (3 tomes)
Dans la nuit (3 tomes)

en collaboration avec Séjourné :
Tatanka (3 tomes)

Le blog de Gihef : http://djaillecave.blogspot.com/

PREMIÈRE ÉDITION

Conception graphique : Franck Achard.
Dépôt légal : août 2007 — D.2007/0089/151
ISBN 978-2-8001-3976-0

Imprimé en Belgique.

www.dupuis.com

HAUTE SÉCURITÉ

DESSIN : GIHEF
SCÉNARIO : CALLÈDE
COULEURS : DINA KATHELYN

CYCLE 1

LES GARDIENS DU TEMPLE

TOME 2/2

REPÉRAGES
DUPUIS

8-FED-201
DÉSOLÉ, MESSIEURS, VOUS NE POUVEZ PAS ENTRER SANS AUTORISATION ...
F.B.I, MON GARS ...
ON EST VENUS VOUS FILER UN COUP DE MAIN, PARAÎT QUE C'EST LE BORDEL DANS VOTRE PRISON ...

QUE LES CHOSES SOIENT BIEN CLAIRES, MESSIEURS : VOUS ÊTES ICI DANS **MA** PRISON ! ...
VOUS DEVREZ ME RENDRE COMPTE PERSONNELLEMENT DE L'AVANCÉE DE VOTRE ENQUÊTE... JE N'APPRÉCIERAI PAS D'ÊTRE TENUE À L'ÉCART DE CERTAINES DE VOS DÉCOUVERTES ...
SOYEZ SANS CRAINTE, MADAME, VOUS SEREZ LA PREMIÈRE INFORMÉE ...
BIEN, NOUS SOMMES D'ACCORD ...
VEUILLEZ PARDONNER MON ACCUEIL UN PEU GLACIAL, MAIS VOTRE PRÉSENCE EN CES MURS ME PLAÎT ASSEZ PEU...
JE N'AI FAIT APPEL À VOUS QUE PARCE QUE LA GRAVITÉ DE LA SITUATION L'EXIGEAIT... CROYEZ BIEN QUE J'AURAIS SOUHAITÉ FAIRE AUTREMENT ! ...
MERCI, MARVIN, VOUS POUVEZ DISPOSER ...
NOUS APPRÉCIONS BEAUCOUP VOTRE FRANCHISE, MAIS VOUS N'AUREZ QU'À VOUS FÉLICITER DE NOTRE TRAVAIL, RASSUREZ-VOUS ! ...
SI NOUS COMMENCIONS TOUT DE SUITE ? NOUS AIMERIONS VOIR LE CORPS DU DÉTENU ASSASSINÉ...
« **LES** CORPS **DES** DÉTENUS » ... LA SITUATION A EN EFFET ÉVOLUÉ DANS LA NUIT : UN DEUXIÈME PRISONNIER A ÉTÉ RETROUVÉ MORT...
TOUT PORTE À CROIRE QUE NOUS AVONS AFFAIRE AU MÊME MEURTRIER...
OH, DEUX CADAVRES EN MOINS DE 24 HEURES... VOUS FAITES EXPLOSER LES STATISTIQUES DE LA VIOLENCE CARCÉRALE ! VOUS ÉTABLISSEZ MÊME UNE SORTE DE RECORD ! ...
ALLONS, PAS DE MAUVAIS ESPRIT ... MAIS CELA PROUVE AU MOINS QUE NOTRE PRÉSENCE EST INDISPENSABLE...
JE CROIS QU'IL EST TEMPS D'ALLER VOIR CES FAMEUX CORPS ...
ENCORE MERCI POUR LE CAFÉ, IL EST EXCELLENT !

JE VOUS ÉCOUTE, MESSIEURS ... PAR LEQUEL VOULEZ-VOUS COMMENCER ?
LE RAPPORT PARLE DE CE CORPS RETROUVÉ SUR LA CHAISE ÉLECTRIQUE ...
J'AI BIEN ENVIE DE VOIR LA GUEULE D'UN MACCHABÉE QUI S'EST PRIS QUELQUES MILLIERS DE VOLTS ...
DÉSOLÉ DE VOUS DÉCEVOIR, MAIS IL N'Y A EU AUCUNE ÉLECTROCUTION... CELA FAIT LONGTEMPS QUE CETTE CHAISE N'EST PLUS EN ÉTAT DE FONCTIONNER ! ...
JE NE PIGE PAS... DE QUOI EST-IL MORT ALORS? ...
J'AI BESOIN DE PRATIQUER DES EXAMENS PLUS APPROFONDIS... À PREMIÈRE VUE, L'INSUFFISANCE RESPIRATOIRE EST LA CAUSE DU DÉCÈS...
STRANGULATION ?...
PEU PROBABLE, IL N'Y A AUCUNE MARQUE SUR LE COU...
J'EN SAURAI SÛREMENT PLUS DANS QUELQUES HEURES...
HERB WILLIAMS... 38 ANS... CONDAMNÉ À PERPÉTUITÉ POUR UN DOUBLE HOMICIDE... PAIX À SON ÂME...
ET LE SUIVANT? ...
JAVIER VELASQUEZ...
IL A ÉTÉ ASSASSINÉ EN PLEIN JOUR ALORS QU'IL ÉTAIT SOUS LA GARDE D'UN DE MES HOMMES...
TOUT S'EST PASSÉ TRÈS VITE.
LA CAUSE DE LA MORT?
ARME BLANCHE... UN COUP DANS LA TRACHÉE, DEUX AUTRES DANS LE THORAX ...
DU TRAVAIL TRÈS PROPRE ...
CONTENT DE SAVOIR QU'ON A AFFAIRE À QUELQU'UN DE MÉTICULEUX...
C'EST DONC SI FACILE DE SE PROCURER UN COUTEAU DANS CETTE PRISON?...
3.
IL NE S'AGIT PAS RÉELLEMENT D'UN COUTEAU! ...
SUIVEZ-MOI !

Voici quelques exemples d'armes utilisées ici...
Les détenus savent faire preuve d'une imagination débordante...
Ils se servent de tout ce qui leur tombe sous la main... Des clous, des morceaux de clôture...
Ils fabriquent même des lames en plastique, avec de vieilles bouteilles de shampoing...
CAUTION
Les manches sont faits avec du papier mouillé avec de l'eau et du sucre ou des flocons d'avoine...
Ça durcit le papier et le rend aussi solide qu'un morceau de bois...
Très ingénieux...
Le prisonnier qui a tué Velasquez a dû utiliser une arme de ce type, et...
Il ne s'agit pas d'un détenu!...
Je vous demande pardon?!...
Notre assassin n'est pas un taulard!... Les crimes sont minutieusement préparés, il y a une mise en scène...
On est loin des règlements de comptes habituels entre bandes rivales...
J'opterais plutôt pour un gardien... Un type qui a perdu les pédales et qui a décidé de partir en croisade pour nettoyer la prison de ses « rats »...
On a connu un cas identique il y a quelques mois dans un pénitencier du Montana...
C'est absurde!! Jamais un de mes gars...
Je regrette, mais mon équipier a peut-être raison... Nous allons commencer par interroger vos hommes un par un...
Je vous rappelle que nous avons carte blanche pour régler cette affaire.
Vous comptez en référer à la directrice?...
Écoutez, votre directrice ne serait même pas capable de diriger une colonie de vacances!...
Faites donc ce qu'on vous dit et tout ira pour le mieux...
D'accord, je vais vous organiser tout ça...
J'imagine que tout le monde se fera un plaisir de vous aider dans votre enquête...

J'AI À PEINE VU LE GARS QUI M'A AGRESSÉ...
MAIS JE CROIS QU'IL PORTAIT DE GRANDES OREILLES DE MICKEY ET UN T-SHIRT BART SIMPSON ...
FISHER J.
LA FOUILLE DE LA PRISON N'A RIEN DONNÉ... J'AI JUSTE TROUVÉ SOUS UN MATELAS UN GODEMICHÉ ARTISANAL...
À PEU PRÈS GRAND COMME ÇA...
HONNÊTEMENT, JE ME FICHE DE CES MEURTRES... J'AI ASSEZ DE PROBLÈMES AVEC MA GAMINE DE 15 ANS EN CE MOMENT. JE CROIS QU'IL LUI MANQUE UNE PRÉSENCE PATERNELLE À LA MAISON...
VOUS NE VOUDRIEZ PAS LA RENCONTRER CINQ MINUTES POUR ESSAYER DE LA RECADRER?
POURQUOI IL Y A EU UNE BAGARRE DANS LE RÉFECTOIRE?... BEN... FAUT VOIR LA MERDE QU'ON LEUR DONNE À BOUFFER, ÇA DOIT LEUR TAPER SUR LE SYSTÈME!...
JE NE DONNERAIS MÊME PAS ÇA À MES CLÉBARDS...
C'EST MOI QUI AI RETROUVÉ LE CORPS DE WILLIAMS SUR LA CHAISE ÉLECTRIQUE... VOUS AURIEZ VU LE TABLEAU!... J'AI MÊME PRIS DES PHOTOS QUE J'AI DIFFUSÉES SUR INTERNET!
Y A DES TYPES QUI ADORENT ÇA!
BURNS E.
SI J'AI ENCORE QUELQUE CHOSE À AJOUTER? ...
ON POURRAIT PEUT-ÊTRE SORTIR PRENDRE UN VERRE CE SOIR SI VOUS ÊTES LIBRE...
MORALES E.
CE SOIR? OUAIS, C'EST UNE IDÉE...
LA FERME, COLLINS! ...

201
« Vous draguez souvent les jeunes femmes esseulées sur les plages? »
... Et vous avez décidé de m'aborder en vous abritant courageusement derrière votre pauvre chienne ...
Votre technique est redoutable et particulièrement efficace! ...
« Oh non, ne vous méprenez pas sur mon compte! Je ne suis pas ce genre de type... Mais je vous croise presque chaque matin, et... »
La preuve, je me retrouve dans votre maison, en priant pour que vous ne soyez pas un tueur psychopathe obsédé par les femmes à lunettes...
Oh, je crois que vous n'avez rien à craindre d'un type en survêtement qui cherche une seconde tasse propre!
GLASS
6.
Je ne suis ni un assassin, ni un pervers, et je n'ai aucune fille enterrée dans ma cave! ...
Je vous inviterais bien à descendre vérifier, mais ça fait un peu glauque pour un premier rendez-vous...
Je vais donc essayer de vous faire confiance! ...
Et puisqu'il s'agit de notre « premier rendez-vous », il serait temps de faire les présentations...
Je m'appelle Maureen, et vous? ...
Aleks ... avec un « k », c'est polonais...
Enchanté, Aleks avec un « k » ...
Et merci pour le café, il sent délicieusement bon...

C'EST TRÈS SYMPA CHEZ VOUS... VOUS AVEZ EMMÉNAGÉ DEPUIS LONGTEMPS?...
MOINS D'UN MOIS... JE VIS ENCORE UN PEU DANS LES CARTONS...
DITES-MOI PLUTÔT POURQUOI VOUS ÊTES VENU VOUS ENTERRER À TEMPLETON BAY?... PAS POUR FAIRE DU FOOTING SUR LA PLAGE, AVOUEZ-LE!...
VOUS AVEZ UN TUEUR À GAGES AUX TROUSSES?...
LA RÉALITÉ EST PLUS BANALE... JE SUIS LÀ POUR LE BOULOT...
C'EST SOBRE, FONCTIONNEL, ON SENT BIEN QU'ON EST CHEZ UN CÉLIBATAIRE... IL MANQUE JUSTE LA PETITE TOUCHE FÉMININE POUR ÉGAYER TOUT ÇA!...
NE PRENEZ PAS MES PROPOS POUR DES AVANCES, C'EST JUSTE UN CONSTAT.
JE TRAVAILLE AU TEMPLE... VOUS SAVEZ, LE PÉNITENCIER D'ÉTAT...
CRASH!...
?!
MAUREEN? QUE SE PASSE-T-IL ?!
VOUS VOUS SENTEZ MAL?...
NE ME TOUCHEZ PAS!!!
NON, NE PARTEZ PAS!!!
MAUREEN, REVENEZ !!!
ALEKS?! HÉ, ALEKS !!!

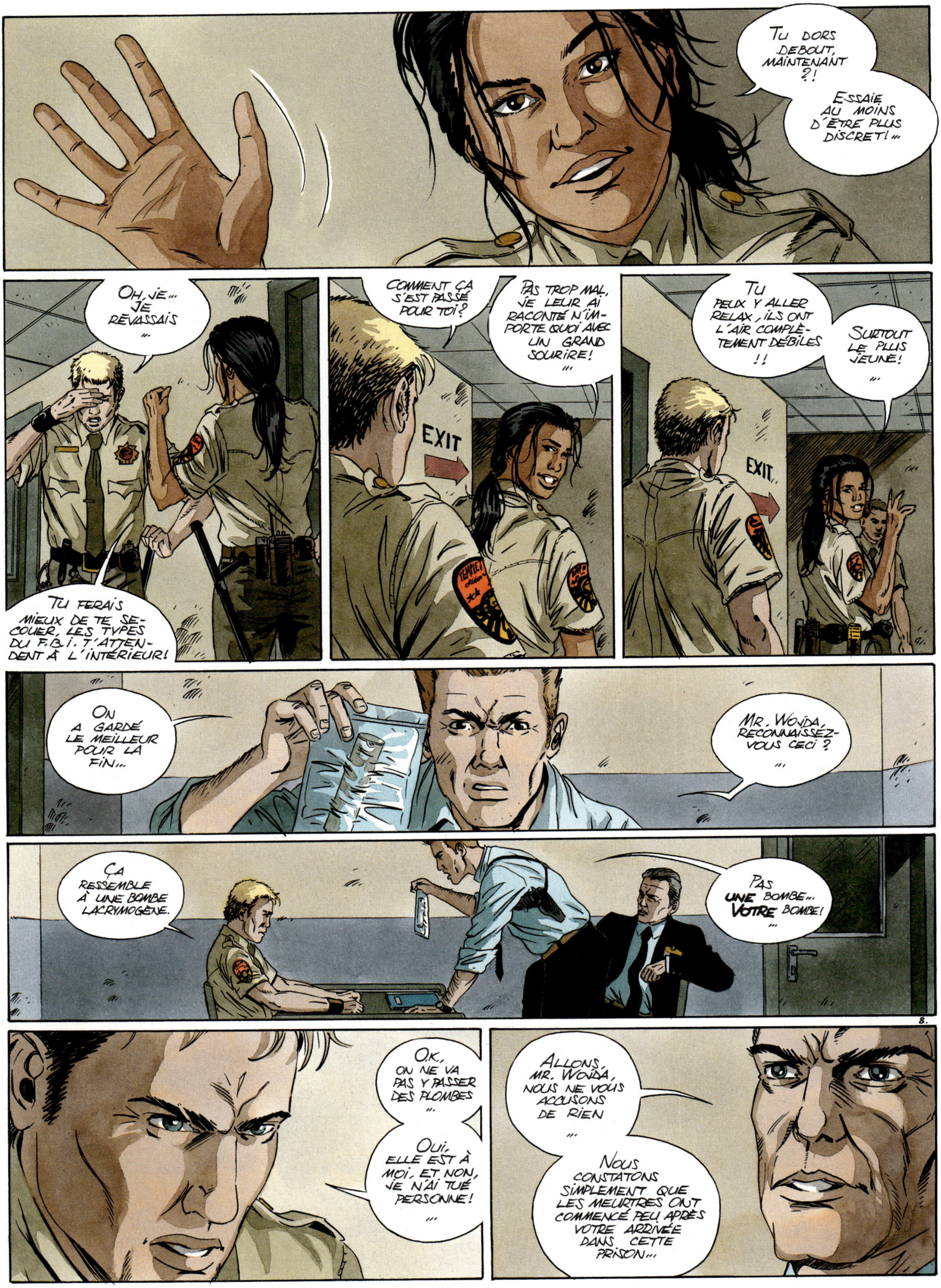

TU DORS DEBOUT, MAINTENANT ?!
ESSAIE AU MOINS D'ÊTRE PLUS DISCRET!...
OH, JE... JE RÊVASSAIS...
TU FERAIS MIEUX DE TE SECOUER, LES TYPES DU F.B.I. T'ATTENDENT À L'INTÉRIEUR!
COMMENT ÇA S'EST PASSÉ POUR TOI?
PAS TROP MAL, JE LEUR AI RACONTÉ N'IMPORTE QUOI AVEC UN GRAND SOURIRE!...
EXIT
TU PEUX Y ALLER RELAX, ILS ONT L'AIR COMPLÈTEMENT DÉBILES !!
SURTOUT LE PLUS JEUNE!...
EXIT
ON A GARDÉ LE MEILLEUR POUR LA FIN...
MR. WONDA, RECONNAISSEZ-VOUS CECI ?...
ÇA RESSEMBLE À UNE BOMBE LACRYMOGÈNE.
PAS UNE BOMBE... VOTRE BOMBE!...
O.K., ON NE VA PAS Y PASSER DES PLOMBES...
OUI, ELLE EST À MOI, ET NON, JE N'AI TUÉ PERSONNE!...
ALLONS, MR. WONDA, NOUS NE VOUS ACCUSONS DE RIEN...
NOUS CONSTATONS SIMPLEMENT QUE LES MEURTRES ONT COMMENCÉ PEU APRÈS VOTRE ARRIVÉE DANS CETTE PRISON...
8.

ET ALORS, ÇA PROUVE QUOI?!... VOUS FERIEZ MIEUX DE RETROUVER LE TYPE QUI A FRACTURÉ MON CASIER! ...
JE VOUS DONNE UN INDICE: C'EST PEUT-ÊTRE LUI LE COUPABLE!
BIEN, VOUS VOULEZ JOUER... SI VOUS NOUS DISIEZ PLUTÔT OÙ VOUS ÉTIEZ AU MOMENT DU PREMIER MEURTRE?
J'ÉTAIS AVEC MA COLLÈGUE, EVA MORALES... ON FAISAIT NOTRE RONDE HABITUELLE...
UNE RONDE, HEIN? QUI VOUS A CONDUITS JUSQU'À LA CHAISE ÉLECTRIQUE, N'EST-CE PAS? ...LÀ OÙ ON A RETROUVÉ LE SECOND CADAVRE.
ON T'ÉCOUTE, COLLINS ...
«ON S'EST ENVOYÉ EN L'AIR SUR LA CHAISE ÉLECTRIQUE, C'ÉTAIT LE PIED! JE N'AI JAMAIS CONNU UN ORGASME AUSSI FORT!»
PROPOS RECUEILLIS AUPRÈS DE VOTRE COLLÈGUE... TRÈS INSTRUCTIF! ...
?!
LA GARCE! ...
C'EST ÇA VOTRE TRUC? LE FAIRE DANS DES ENDROITS SORDIDES? ...
ON A CONNU DES TUEURS MOINS TORDUS QUE ÇA!
D'ACCORD, J'AVOUE! ON A BAISÉ COMME DES BÊTES PENDANT DES HEURES! ...ÇA VOUS EXCITE, HEIN?! ...
VOTRE COÉQUIPIER NE VOUS SUFFIT PLUS?!
ENFOIRÉ!! JE VAIS TE...
ÇA SUFFIT, COLLINS!
QUANT À VOUS, WOIDA, FOUTEZ LE CAMP!! ON A ASSEZ ENTENDU DE CONNERIES AUJOURD'HUI!...
OUAIS, JE VOUS LAISSE.
AH, UNE DERNIÈRE CHOSE...
SI MA COLLÈGUE VOUS FAIT TELLEMENT FANTASMER, VOUS DEVRIEZ ESSAYER LES TOILETTES POUR HOMMES DU «DEEP BLUE», UN DES BARS DE LA VILLE...
ELLE VOUS SUCERA POUR PAS UN ROND! ...
BONNE JOURNÉE, MESSIEURS.

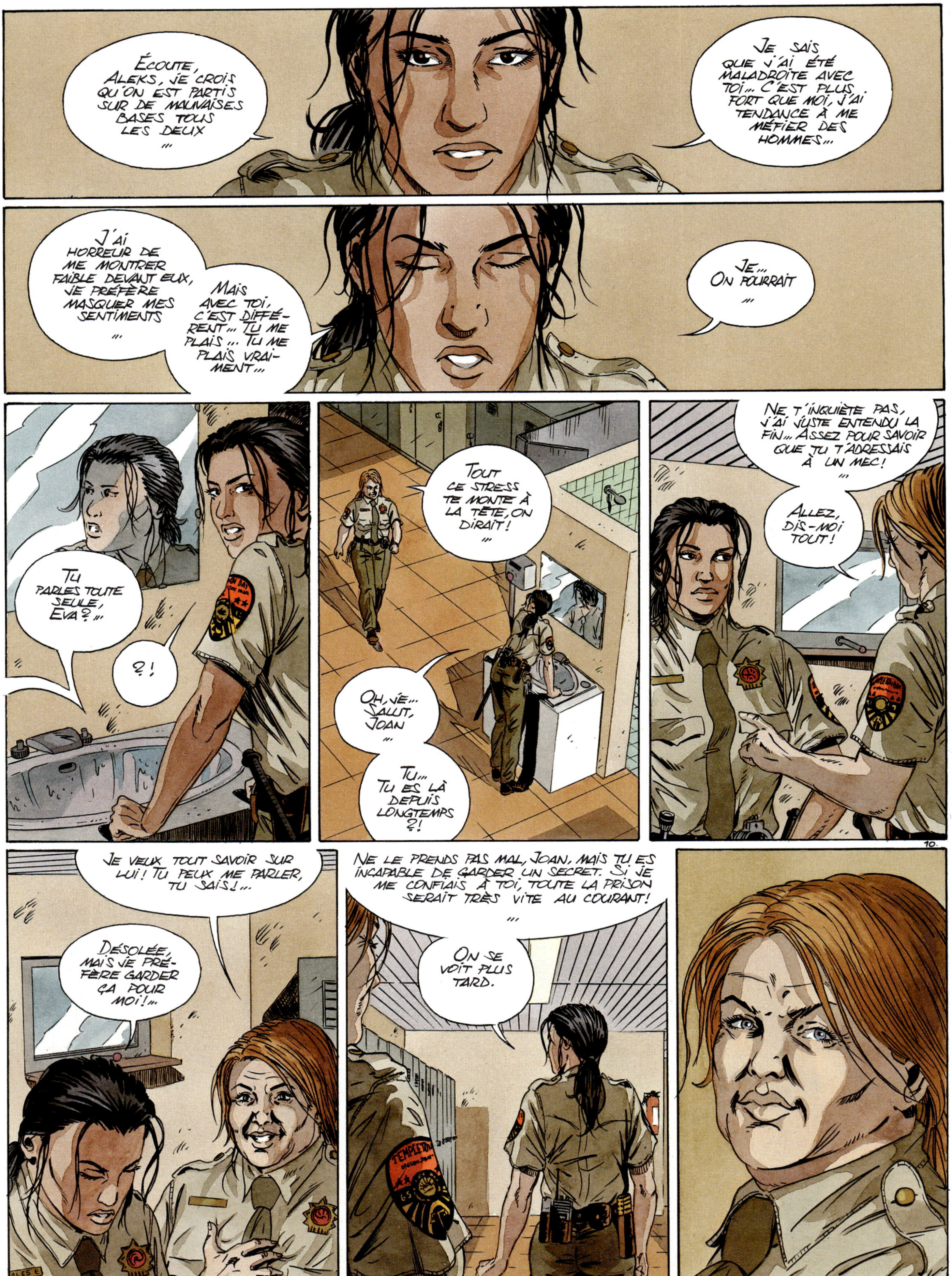
ÉCOUTE, ALEKS, JE CROIS QU'ON EST PARTIS SUR DE MAUVAISES BASES TOUS LES DEUX ...
JE SAIS QUE J'AI ÉTÉ MALADROITE AVEC TOI... C'EST PLUS FORT QUE MOI, J'AI TENDANCE À ME MÉFIER DES HOMMES...
J'AI HORREUR DE ME MONTRER FAIBLE DEVANT EUX, JE PRÉFÈRE MASQUER MES SENTIMENTS ...
MAIS AVEC TOI, C'EST DIFFÉRENT... TU ME PLAIS... TU ME PLAIS VRAIMENT...
JE... ON POURRAIT ...
TU PARLES TOUTE SEULE, EVA ?...
?!
TOUT CE STRESS TE MONTE À LA TÊTE, ON DIRAIT! ...
OH, JE... SALUT, JOAN ...
TU... TU ES LÀ DEPUIS LONGTEMPS ?!
NE T'INQUIÈTE PAS, J'AI JUSTE ENTENDU LA FIN... ASSEZ POUR SAVOIR QUE TU T'ADRESSAIS À UN MEC! ...
ALLEZ, DIS-MOI TOUT!
10.
JE VEUX TOUT SAVOIR SUR LUI! TU PEUX ME PARLER, TU SAIS!...
DÉSOLÉE, MAIS JE PRÉFÈRE GARDER ÇA POUR MOI!...
ALES E
NE LE PRENDS PAS MAL, JOAN, MAIS TU ES INCAPABLE DE GARDER UN SECRET. SI JE ME CONFIAIS À TOI, TOUTE LA PRISON SERAIT TRÈS VITE AU COURANT! ...
ON SE VOIT PLUS TARD.

D'APRÈS CE QUE JE SAIS, LES TYPES DU FBI INTERROGENT LES GARDIENS UN PAR UN...
JE TIENS L'INFO DE GATTUSO, IL A ENTENDU PARLER DE ÇA ALORS QU'ON L'EMMENAIT À L'INFIRMERIE...
WATCH OUT
STRONZO! GATTUSO MENT COMME IL RESPIRE DEPUIS QU'IL EST NÉ!! ...
IL SAIT QUE JE BOSSE POUR VOUS, MR. MANCINO, IL N'OSERAIT PAS ME RACONTER DES CONNERIES! ...
UNE CHOSE EST SÛRE, LES FÉDÉRAUX N'ONT PAS L'INTENTION DE FOUTRE LEUR NEZ ICI POUR L'INSTANT...
ON PEUT CONTINUER À BOSSER SUR LES MARCHÉS LAISSÉS PAR WILLIAMS ET VELASQUEZ !!
LEURS GANGS SONT ENCORE SOUS LE CHOC, IL Y A UN PAQUET DE BLÉ À SE FAIRE! ...
BUENO, MESSIEURS, TOUT CELA ME SEMBLE PARFAIT! ...
NOUS AVONS ENFIN L'OCCASION DE DEVENIR LES MAÎTRES DE CETTE PRISON... TÂCHONS DE NOUS EN MONTRER DIGNES!
JE N'AIME PAS ÇA, ALEKS... ON DIRAIT QUE VITO MANCINO ET SA BANDE SE SONT RÉVEILLÉS! ...
ILS ÉTAIENT HORS DU COUP CES DERNIERS TEMPS, MAIS ON DIRAIT QUE LES PLACES LAISSÉES VACANTES ONT AIGUISÉ LEUR APPÉTIT ...
UNE LOI DE LA JUNGLE ÉLÉMENTAIRE, LES CHAROGNARDS ACCOURENT TOUJOURS À L'ODEUR DU SANG ...
OUAIS, COMME TU DIS, C'EST LA JUNGLE... ILS PASSENT LEUR TEMPS À S'ENTRE-DÉVORER POUR...
?!
FLAHERTY C.

BORDEL, CETTE FOIS, JE ME LE FAIS! J'AI JAMAIS PU SUPPORTER CES BESTIOLES!!
GEORGE, ATTENDS !!
BOUGE PAS, ALEKS!! JE M'EN OCCUPE !!!
AH! AH! ÇA TE PLAÎT DE ME FAIRE CAVALER, HEIN?!
ON VA BIEN SE MARRER TOUS LES DEUX! PAS LA PEINE DE TE CACHER! ...
ALLEZ, VIENS PAR ICI! ...
VIENS VOIR TONTON GEORGE ...
JE TE PROMETS D'ÊTRE GENTIL AVEC TOI ...
MONTRE-TOI! ...
?!
HÉ, QU'EST-CE QUE TU FOUS LÀ, TOI?! ...
DÉGAGE, TU N'AS RIEN À FAIRE ICI!!
12.
JE LES AI TUÉS ...

JE LES AI TOUS TUÉS ...
MERDE, DE QUOI TU PARLES ?!
RESTE TRANQUILLE, ON VA ALLER PRENDRE L'AIR TOUS LES DEUX...
TOI AUSSI, TU VAS CREVER !!!
N-NON... ARRÊTE... GH...
UUUURGH! ...
MEURS!
MEURS !!!
UUUUNH !..
KZZZT!
KOF... KOF...
GEORGE, TU ES LÀ ?
OH MERDE !!
ATTENDS, NE BOUGE PAS...
JE... KOF... ÇA VA, JE TIENS LE CHOC! ...
CE N'EST PAS ENCORE AUJOURD'HUI QU'UN DÉTENU ME FERA LA PEAU ...
ET SURTOUT PAS UN GAMIN DE CET ÂGE-LÀ! ...
BORDEL, J'AIMERAIS VRAIMENT SAVOIR CE QUI LUI EST PASSÉ PAR LA TÊTE! ...

...Tim Bradford... Arrivé il y a deux jours à peine...
On va le garder quelque temps en isolement, ça lui fera le plus grand bien !...
Vous pensez qu'il a quelque chose à voir avec les meurtres, chef ?... Avant de se jeter sur moi, il m'a dit qu'il « les avait tués »...
Il a été condamné à 20 ans de réclusion pour avoir étranglé son psychothérapeute, son seul véritable meurtre jusqu'ici...
Mais pourquoi l'a-t-on envoyé au Temple ? ...Il a manifestement besoin d'une structure plus adaptée...
Hum, je n'y crois pas vraiment... D'après son dossier, il s'est déjà accusé d'une quinzaine de meurtres imaginaires pendant son procès, dont celui de Jésus-Christ et d'Abraham Lincoln...
Il souffre de graves troubles de la personnalité... Il dit voir des démons, entendre des voix...
Ce n'est pas nous qui décidons, Wojda, on est juste là pour faire appliquer les décisions de justice...
Bien, vous feriez mieux de retourner à vos postes !...
À vos ordres, chef.
Tu viens, Aleks ? ...On n'a plus rien à faire ici !...
J'arrive, George, juste un instant...
Non... Non...
Je vous en prie...
Taisez-vous...
Sortez de ma tête...
Sortez de ma tête !...

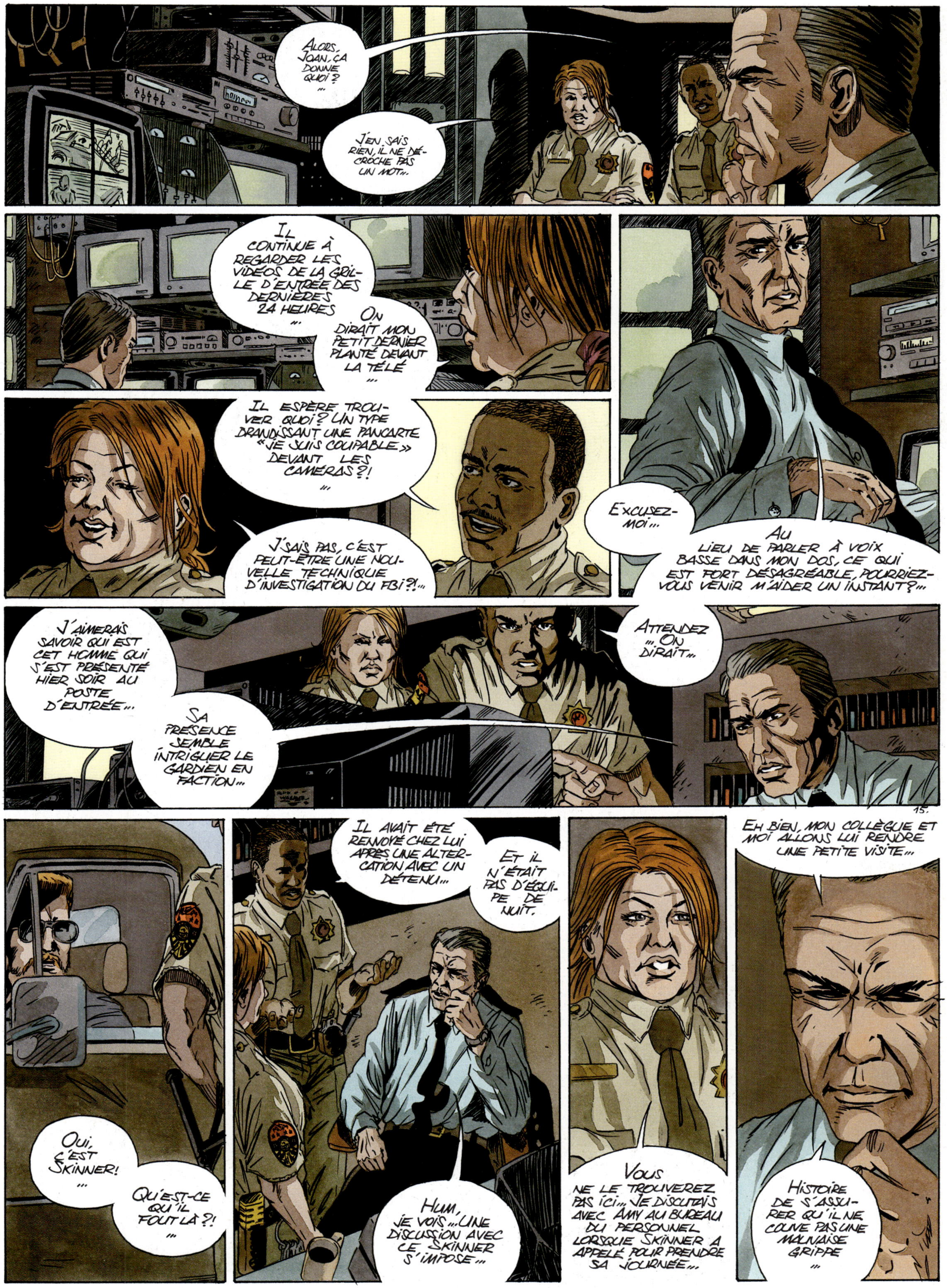
ALORS, JOAN, ÇA DONNE QUOI ?...
J'EN SAIS RIEN, IL NE DÉCROCHE PAS UN MOT...
IL CONTINUE À REGARDER LES VIDÉOS DE LA GRILLE D'ENTRÉE DES DERNIÈRES 24 HEURES...
ON DIRAIT MON PETIT DERNIER PLANTÉ DEVANT LA TÉLÉ...
IL ESPÈRE TROUVER QUOI ? UN TYPE BRANDISSANT UNE PANCARTE « JE SUIS COUPABLE » DEVANT LES CAMÉRAS ?!...
J'SAIS PAS, C'EST PEUT-ÊTRE UNE NOUVELLE TECHNIQUE D'INVESTIGATION DU FBI ?!...
EXCUSEZ-MOI...
AU LIEU DE PARLER À VOIX BASSE DANS MON DOS, CE QUI EST FORT DÉSAGRÉABLE, POURRIEZ-VOUS VENIR M'AIDER UN INSTANT ?...
J'AIMERAIS SAVOIR QUI EST CET HOMME QUI S'EST PRÉSENTÉ HIER SOIR AU POSTE D'ENTRÉE...
SA PRÉSENCE SEMBLE INTRIGUER LE GARDIEN EN FACTION...
ATTENDEZ... ON DIRAIT...
OUI, C'EST SKINNER !...
QU'EST-CE QU'IL FOUT LÀ ?!...
IL AVAIT ÉTÉ RENVOYÉ CHEZ LUI APRÈS UNE ALTERCATION AVEC UN DÉTENU...
ET IL N'ÉTAIT PAS D'ÉQUIPE DE NUIT.
HUM, JE VOIS... UNE DISCUSSION AVEC CE SKINNER S'IMPOSE...
VOUS NE LE TROUVEREZ PAS ICI... JE DISCUTAIS AVEC AMY AU BUREAU DU PERSONNEL LORSQUE SKINNER A APPELÉ POUR PRENDRE SA JOURNÉE...
EH BIEN, MON COLLÈGUE ET MOI ALLONS LUI RENDRE UNE PETITE VISITE...
HISTOIRE DE S'ASSURER QU'IL NE COUVE PAS UNE MAUVAISE GRIPPE...

WARNING
OH, QUELLE TROUBLANTE COÏNCIDENCE ...
?!
JE PENSAIS JUSTEMENT À VOUS ...
ET À NOTRE PETIT RENDEZ-VOUS DE CE SOIR...
QUOI?!... ATTENDEZ, C'ÉTAIT POUR RIRE, OK?...
IL N'Y AVAIT RIEN DE SÉRIEUX DANS MA PROPOSITION! ...
OUI, BIEN SÛR, C'ÉTAIT IDIOT DE MA PART ...
MAIS J'AURAIS TELLEMENT AIMÉ PASSER UN MOMENT EN TÊTE-À-TÊTE AVEC VOUS...
HÉÉÉ...
NE ME TOUCHE PAS, ESPÈCE D'ENFOIRÉ !!!
PAS DE ÇA AVEC MOI!!!
SLAP!
JE SAIS TRÈS BIEN À QUI J'AI AFFAIRE!... TOUS LES GARDIENS DE CETTE TAULE TE SONT PASSÉS DESSUS, HEIN?! AVOUE QUE TU AIMES ÇA!!...
UUUH... VA TE FAIRE...
JE VEUX JUSTE EN AVOIR AUTANT QUE LES AUTRES! IL PARAÎT QUE TU SAIS FAIRE DES MERVEILLES AVEC TA BOUCHE!! ...

COLLINS !!!
JE CROIS QUE TU DEVRAIS ARRÊTER ÇA !...
TOUT DE SUITE!
ET MERDE ...
C'EST BON, IL NE S'EST RIEN PASSÉ...
ON ÉTAIT JUSTE EN TRAIN DE DISCUTER...
TU FERAIS MIEUX D'ALLER M'ATTENDRE DANS LA VOITURE... J'AI BESOIN DE TOI POUR MENER À BIEN UNE PETITE MISSION EN VILLE...
MAIS ON REPARLERA DE TOUT ÇA, FAIS-MOI CONFIANCE !...
OH, ÇA VA, T'ES PAS MON PÈRE !...
BON SANG, VOUS NE FAITES RIEN ?!
CE TYPE EST CINGLÉ, IL...
ALLONS, PAS LA PEINE DE DRAMATISER... MON COLLÈGUE VIENT DE ME DIRE QUE VOUS ÉTIEZ JUSTE EN TRAIN DE DISCUTER...
JE NE VOIS LÀ RIEN DE RÉPRÉHENSIBLE ...
O.K., J'AI COMPRIS... VOUS CHERCHEZ À LE COUVRIR, HEIN ?!
TIREZ-VOUS !! ...
SI JE PEUX ME PERMETTRE UN PETIT CONSEIL, MISS MORALES ...
VOUS DEVRIEZ ESSAYER D'ÊTRE PLUS PRUDENTE À L'AVENIR ...
VOS PETITS JEUX DE SÉDUCTION AVEC LES HOMMES RISQUENT UN JOUR DE TRÈS MAL SE TERMINER...
ET IL N'Y AURA PAS TOUJOURS UN ANGE GARDIEN POUR VOUS PROTÉGER...
TÂCHEZ DE VOUS EN SOUVENIR! ...
17.

BON, VOYONS LE PROFIL DE NOTRE SUSPECT...
NORMAN SKINNER ...
AGENT PÉNITENTIAIRE DEPUIS 15 ANS... CÉLIBATAIRE, SANS ENFANT...
AH, ON A MÊME UNE PHOTO ! ...
OH, JE VOIS ... LE GENRE HELL'S ANGEL QUI AURAIT MAL VIEILLI ! ...
UNE TÊTE DE VRAI DUR, JE PARIE MÊME QU'IL FAIT FLIPPER CERTAINS TAULARDS !
QU'EST-CE QUE TU EN PENSES ? IL A LA GUEULE D'UN MEURTRIER EN PUISSANCE, NON ?!
HÉ, RÉPONDS, JE TE CAUSE !
LA PROCHAINE FOIS, JE TE TUE.
?!
ESSAIE JUSTE DE REPOSER LA MAIN SUR UNE FEMME COMME TU VIENS DE LE FAIRE, ET JE TE VIDE MON CHARGEUR EN PLEINE TÊTE !
TRÈS BIEN, L'INCIDENT EST CLOS... ON VA POUVOIR REPARTIR SUR DE BONNES BASES TOUS LES DEUX...
TU DISAIS QUOI À PROPOS DE SKINNER ?
EST-CE QUE NOUS NOUS SOMMES BIEN COMPRIS ?! ...
OUAIS, C'EST BON... LE MESSAGE EST PARFAITEMENT CLAIR.

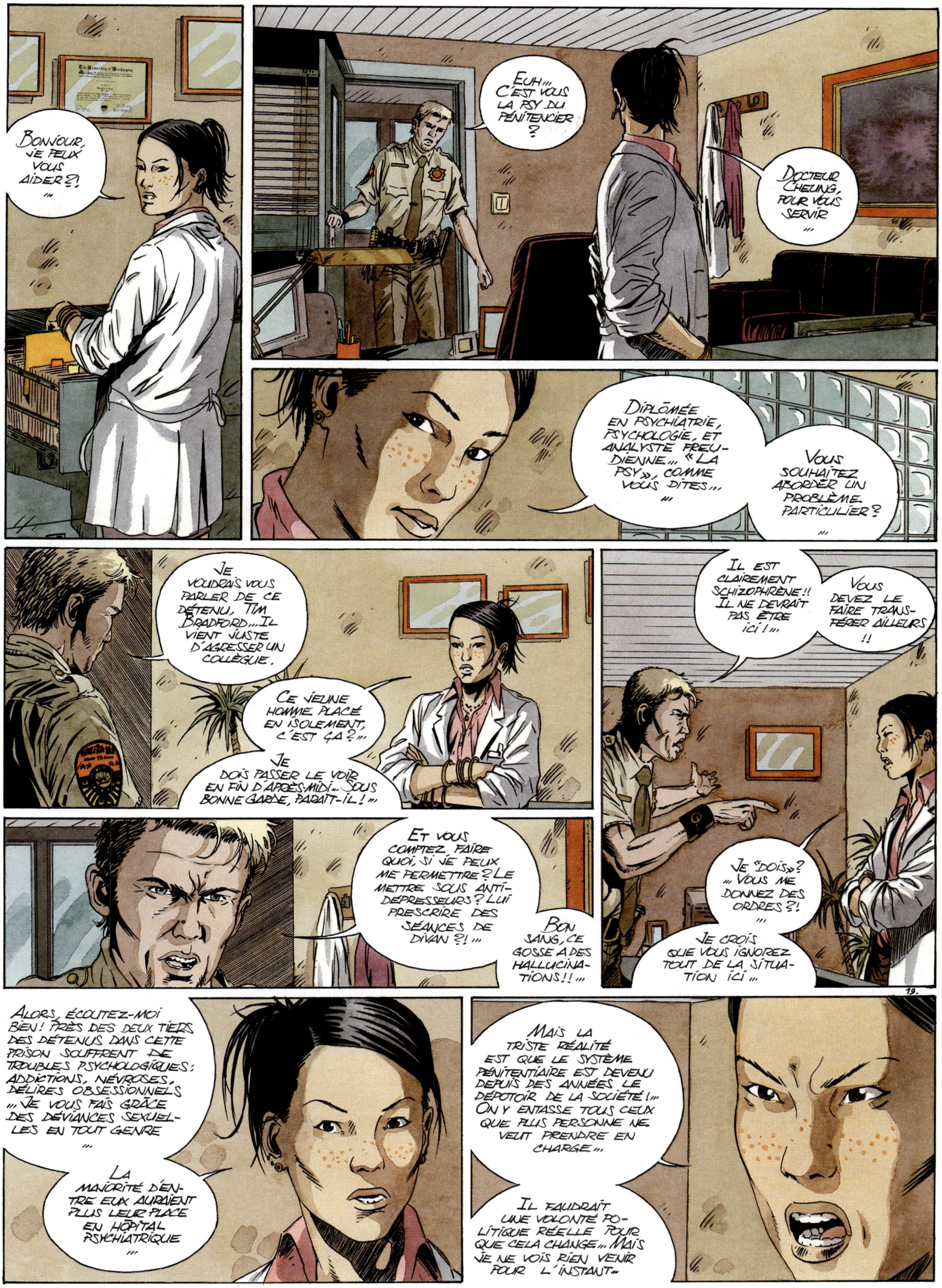
BONJOUR, JE PEUX VOUS AIDER ?! ...
EUH... C'EST VOUS LA PSY DU PÉNITENCIER ?
DOCTEUR CHEUNG, POUR VOUS SERVIR ...
DIPLÔMÉE EN PSYCHIATRIE, PSYCHOLOGIE, ET ANALYSTE FREU-DIENNE... « LA PSY », COMME VOUS DITES... ...
VOUS SOUHAITEZ ABORDER UN PROBLÈME PARTICULIER ? ...
JE VOUDRAIS VOUS PARLER DE CE DÉTENU, TIM BRADFORD... IL VIENT JUSTE D'AGRESSER UN COLLÈGUE.
CE JEUNE HOMME PLACÉ EN ISOLEMENT, C'EST ÇA ?...
JE DOIS PASSER LE VOIR EN FIN D'APRÈS-MIDI... SOUS BONNE GARDE, PARAÎT-IL ! ...
ET VOUS COMPTEZ FAIRE QUOI, SI JE PEUX ME PERMETTRE ? LE METTRE SOUS ANTI-DÉPRESSEURS ? LUI PRESCRIRE DES SÉANCES DE DIVAN ?! ...
BON SANG, CE GOSSE A DES HALLUCINA-TIONS !! ...
IL EST CLAIREMENT SCHIZOPHRÈNE !! IL NE DEVRAIT PAS ÊTRE ICI ! ...
VOUS DEVEZ LE FAIRE TRANS-FÉRER AILLEURS !!
JE « DOIS » ? ... VOUS ME DONNEZ DES ORDRES ?! ...
JE CROIS QUE VOUS IGNOREZ TOUT DE LA SITUA-TION ICI ...
ALORS, ÉCOUTEZ-MOI BIEN ! PRÈS DES DEUX TIERS DES DÉTENUS DANS CETTE PRISON SOUFFRENT DE TROUBLES PSYCHOLOGIQUES : ADDICTIONS, NÉVROSES, DÉLIRES OBSESSIONNELS ... JE VOUS FAIS GRÂCE DES DÉVIANCES SEXUEL-LES EN TOUT GENRE ...
LA MAJORITÉ D'EN-TRE EUX AURAIENT PLUS LEUR PLACE EN HÔPITAL PSYCHIATRIQUE ...
MAIS LA TRISTE RÉALITÉ EST QUE LE SYSTÈME PÉNITENTIAIRE EST DEVENU DEPUIS DES ANNÉES LE DÉPOTOIR DE LA SOCIÉTÉ ! ... ON Y ENTASSE TOUS CEUX QUE PLUS PERSONNE NE VEUT PRENDRE EN CHARGE ...
IL FAUDRAIT UNE VOLONTÉ PO-LITIQUE RÉELLE POUR QUE CELA CHANGE... MAIS JE NE VOIS RIEN VENIR POUR L'INSTANT...

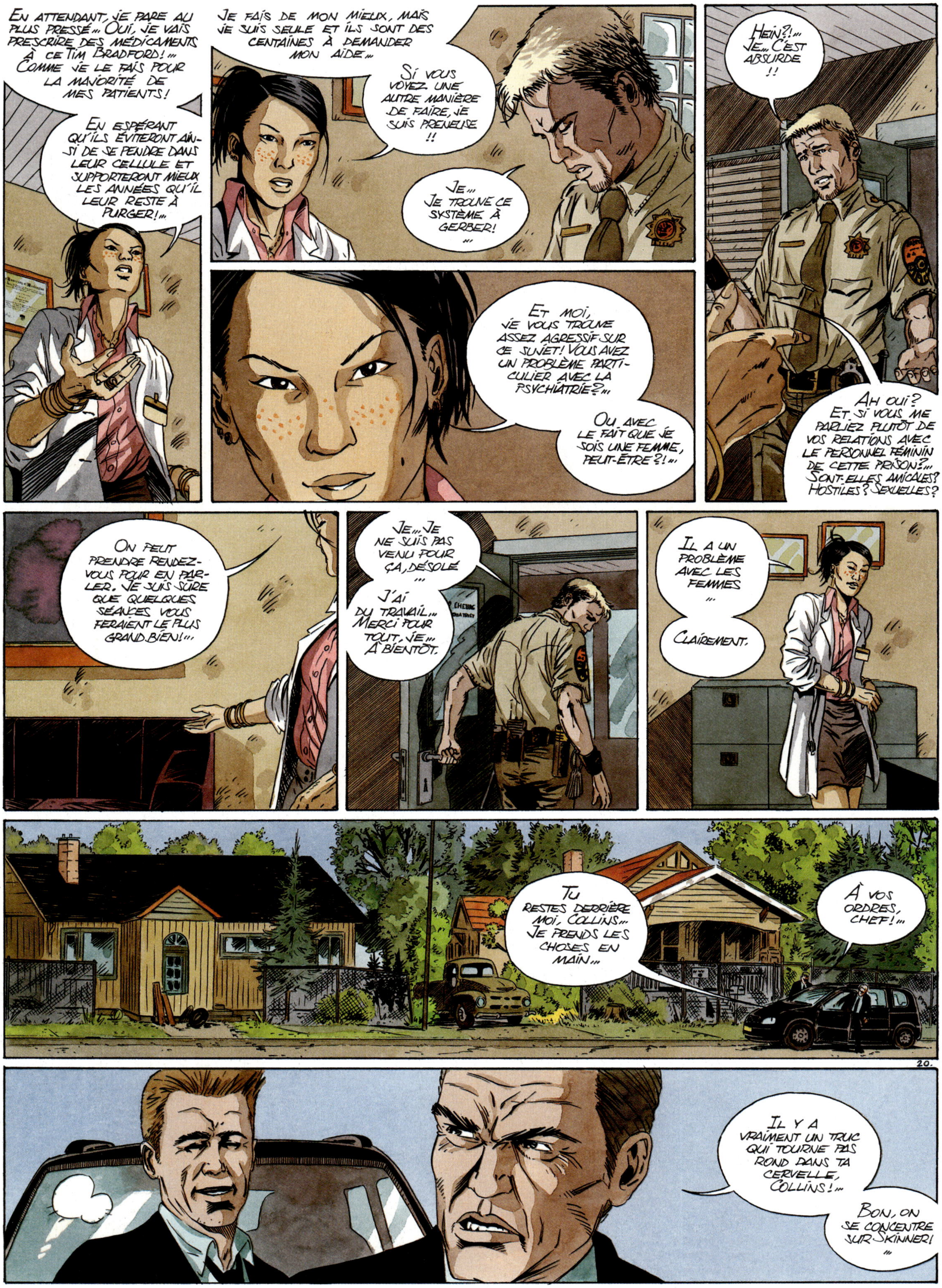

EN ATTENDANT, JE PARE AU PLUS PRESSÉ... OUI, JE VAIS PRESCRIRE DES MÉDICAMENTS À CE TIM BRADFORD!... COMME JE LE FAIS POUR LA MAJORITÉ DE MES PATIENTS!
EN ESPÉRANT QU'ILS ÉVITERONT AINSI DE SE PENDRE DANS LEUR CELLULE ET SUPPORTERONT MIEUX LES ANNÉES QU'IL LEUR RESTE À PURGER!...
JE FAIS DE MON MIEUX, MAIS JE SUIS SEULE ET ILS SONT DES CENTAINES À DEMANDER MON AIDE...
SI VOUS VOYEZ UNE AUTRE MANIÈRE DE FAIRE, JE SUIS PRENEUSE !!
JE... JE TROUVE CE SYSTÈME À GERBER! ...
HEIN?!... JE... C'EST ABSURDE !!
ET MOI, JE VOUS TROUVE ASSEZ AGRESSIF SUR CE SUJET! VOUS AVEZ UN PROBLÈME PARTICULIER AVEC LA PSYCHIATRIE?...
OU AVEC LE FAIT QUE JE SOIS UNE FEMME, PEUT-ÊTRE?!...
AH OUI? ET SI VOUS ME PARLIEZ PLUTÔT DE VOS RELATIONS AVEC LE PERSONNEL FÉMININ DE CETTE PRISON?... SONT-ELLES AMICALES? HOSTILES? SEXUELLES?
ON PEUT PRENDRE RENDEZ-VOUS POUR EN PARLER. JE SUIS SÛRE QUE QUELQUES SÉANCES VOUS FERAIENT LE PLUS GRAND BIEN!...
JE... JE NE SUIS PAS VENU POUR ÇA, DÉSOLÉ ...
J'AI DU TRAVAIL... MERCI POUR TOUT, JE... À BIENTÔT.
IL A UN PROBLÈME AVEC LES FEMMES ...
CLAIREMENT.
TU RESTES DERRIÈRE MOI, COLLINS... JE PRENDS LES CHOSES EN MAIN...
À VOS ORDRES, CHEF!...
20.
IL Y A VRAIMENT UN TRUC QUI TOURNE PAS ROND DANS TA CERVELLE, COLLINS!...
BON, ON SE CONCENTRE SUR SKINNER! ...

F.B.I. OUVREZ! ...
TOC TOC
SKINNER!!! VOUS ÊTES LÀ?! NOUS AVONS DES QUESTIONS À VOUS POSER !!
HUM... ÇA SEMBLE DÉSERT...
QU'EST-CE QU'ON FAIT? ON ENFONCE LA PORTE? ...
ATTENDS... TU N'AS RIEN ENTENDU? ...
?!
VROOOAAAR...
L'ENFOIRÉ! IL SE TIRE!!!
BORDEL, JE ME LE FAIS!!
COLLINS, NON!!!
BLAM! BLAM!
BLAM!
PFFFFFFFFiii
21.
CHEVROLET
CRASH!
CRRIIIIii

SORS DE CETTE CAISSE, SKINNER, LES MAINS EN L'AIR!!!
TU AS ENTENDU?! BOUGE TON CUL, PLUS VITE QUE ÇA!!!
KOF!... ALLEZ VOUS FAIRE FOUTRE!...
KOF! ...
MERDE, C'EST QUI, CE GUIGNOL ?!
HÉ, D'OÙ TU SORS, TOI?! ...
OÙ EST NORMAN SKINNER? ...
C'EST... C'EST MON PUTAIN DE FRANGIN!! ...
OUAIS, JE CRÈCHE CHEZ LUI! ...
OÙ EST-IL EN CE MOMENT?! ...
PARLE!! OÙ EST NORMAN SKINNER?!
SALUT, NORMAN ...
?!

J'ÉTAIS SÛR DE TE TROUVER LÀ...
TOUJOURS EN TRAIN DE RETAPER TON VIEUX RAFIOT?...
QU'EST-CE QUE TU VIENS FOUTRE ICI, JAMIE?!...
DISCUTER UN PEU, VOIR SI TOUT VA BIEN...
ARRÊTE TON BARATIN! QU'EST-CE QUE TU VEUX VRAIMENT?!...
CE QUE JE VEUX?... SAVOIR CE QUE TU ES VENU FAIRE AU TEMPLE CETTE NUIT!...
TA PETITE VIRÉE N'EST PAS PASSÉE INAPERÇUE...
JE N'AI AUCUN COMPTE À TE RENDRE!...
JE SUIS LIBRE D'ALLER OÙ JE VEUX QUAND ÇA ME CHANTE!...
MAINTENANT, DÉGAGE, J'AI ASSEZ VU TA PETITE GUEULE!...
HÉ, J'AI PAS TERMINÉ!! TU VAS ME DIRE À QUOI TU JOUES RÉELLEMENT DANS CETTE TAULE!
TU FAIS PARTIE DE CES GARDIENS VÉREUX POURRIS JUSQU'À L'OS, C'EST ÇA?!...
C'EST QUOI TON FOUTU TRAFIC? DE LA DOPE? DES PARIS CLANDESTINS?... C'EST POUR ÇA QUE TU AS COMMIS TOUS CES MEURTRES?
BORDEL, TU DÉLIRES!!
DES TYPES COMME TOI ME FONT GERBER! VOUS SALISSEZ NOTRE PROFESSION!!...
UUUNH!
MOI, JE RESPECTE CE JOB!! DEPUIS LE PREMIER JOUR OÙ J'AI PORTÉ CET UNIFORME!...
UUMPH... FERME-LA!...
ET JE SUIS FIER DE LE PORTER! COMME MON PÈRE AVANT MOI! ET SON PÈRE AVANT LUI!...
JAMAIS JE NE LAISSERAI...
FERME-LA, JE TE DIS!!
TU NE COMPRENDS RIEN!! JE N'AI TUÉ PERSONNE!!...
MAIS J'AVAIS UNE CHOSE À FAIRE CETTE NUIT...
POUR AMY, TU PIGES?!...
POUR AMY!!

AMY ?... OH, JE... ÇA FAIT DES ANNÉES QUE... QU'ELLE ...
QU'ELLE A ÉTÉ ASSASSINÉE... ÇA VA FAIRE BIENTÔT CINQ ANS ...
JE ME SOUVIENS D'ELLE, TU NOUS L'AVAIS PRÉSENTÉE LORS D'UNE SOIRÉE... JE VENAIS D'ARRIVER AU TEMPLE...
TU... TU RESTES TOUJOURS SI DISCRET À SON SUJET...
C'ÉTAIT UNE PRINCESSE ...
UNE VÉRITABLE PRINCESSE... ELLE AVAIT CHOISI D'AIMER LE PAUVRE TYPE QUE J'ÉTAIS... ELLE REPRÉSENTAIT TOUT POUR MOI, ON PARLAIT MÊME DE SE MARIER.
DANS SON REGARD, J'ARRIVAIS MÊME À CROIRE QUE JE VALAIS QUELQUE CHOSE...
OH, MON DIEU, SES YEUX ! ...
ET PUIS UN JOUR, ELLE EST ALLÉE RENDRE VISITE À SA SOEUR DANS L'ARIZONA... ELLES S'ADORAIENT TOUTES LES DEUX, AMY ALLAIT LA VOIR UNE FOIS PAR AN...
C'ÉTAIT UN LONG TRAJET... LES FLICS M'ONT DIT QU'ELLE S'ÉTAIT ARRÊTÉE DANS CE MOTEL...
ON L'A RETROUVÉE MORTE AU MATIN... TUÉE DE 23 COUPS DE COUTEAU... LE RAPPORT DISAIT QU'IL Y AVAIT DU SANG PARTOUT, UNE VÉRITABLE BOUCHERIE...
CELUI QUI AVAIT FAIT ÇA LUI AVAIT AUSSI ARRACHÉ LES YEUX À MAINS NUES ...
IL CROUPIT DANS LE COULOIR DE LA MORT D'UN PÉNITENCIER DU NOUVEAU-MEXIQUE... J'IGNORE QUAND AURA LIEU SON EXÉCUTION, MAIS UNE CHOSE EST SÛRE, JE VEUX LE VOIR CREVER DE MES PROPRES YEUX !!! ...
CE... CE MONSTRE A ÉTÉ ARRÊTÉ QUELQUES SEMAINES PLUS TARD DANS UN ÉTAT VOISIN, ALORS QU'IL TENTAIT DE COMMETTRE UN NOUVEAU MEURTRE...
ON A RETROUVÉ CHEZ LUI DOUZE PAIRES D'YEUX... CEUX DE TOUTES LES FEMMES QU'IL AVAIT ASSASSINÉES...
LA SEULE CHOSE QUI COMPTE DANS MA VIE AUJOURD'HUI, C'EST DE VOIR S'ENFONCER DANS SON BRAS CETTE PUTAIN D'AIGUILLE QUI L'ENVERRA POURRIR EN ENFER ! ...
ET JE REFUSE D'ÊTRE UN SIMPLE SPECTATEUR, JE VEUX ÊTRE LE GARDIEN CHARGÉ DE SON EXÉCUTION !

Chaque année, j'envoie une demande de mutation dans ce pénitencier... Sans résultat pour l'instant...
Les places de gardiens sont rares dans un couloir de la mort... Et si je veux y accéder un jour, je dois avoir un dossier irréprochable...
C'est pour ça que je suis retourné au Temple cette nuit... Pour effacer les traces de mon coup de sang avec ce bâtard de Moine...
Le chef n'avait pas traîné pour mettre ce putain d'avertissement dans mon dossier!...
Mais il était hors de question qu'un truc pareil vienne tout foutre en l'air! J'ai donc supprimé ce qui faisait allusion à cet incident...
Je l'ai fait pour Amy...
Pour continuer à me sentir digne d'elle...
Norman, je... je suis désolé...
Je ne savais pas... Si je peux faire quelque chose...
Je n'ai pas besoin de ta pitié!...
Tire-toi! J'ai besoin d'être seul...
Vous arrivez trop tard, les gars... Pas la peine de vous fatiguer, ce n'est pas lui...
Vous feriez mieux de remonter dans votre voiture...
?!
Laissez-le en paix, ça vaut mieux...

?!?
EH, JE TE RECONNAIS, TOI !! ...
TU TE SENS PERDU DEPUIS LA MORT DE TON VIEUX MAÎTRE, N'EST-CE PAS ? ...
JE SAIS QU'IL TE MANQUE... ET CE N'EST PAS CE PAUVRE MOINE FOU QUI RÉUSSIRA À LE REMPLACER...
RESTE AVEC MOI MAINTENANT... ON A ENCORE DES CHOSES À FAIRE ...
EN SOUVENIR DE NOTRE VIEIL AMI ROBERT PAULSON...

BON SANG, TU VAS FONCTIONNER ?!
CLIK CLIK
BOM!
MACHINE DE MERDE!!
TU AS L'AIR BIEN TENDUE, EVA... DURE JOURNÉE? ...
?!
JE... OUAIS, COMME TU DIS, DURE JOURNÉE ...
J'AI TROUVÉ ABSOLUMENT MINABLE CE QUE TU AS RACONTÉ AUX TYPES DU F.B.I... TU SAIS, NOTRE SÉANCE DE BAISE IMAGINAIRE... LIBRE À TOI D'AVOIR DES FANTASMES TORDUS, MAIS JE REFUSE QUE TU M'ASSOCIES À ÇA !! ...
JE N'AI PAS ENVIE QUE TOUT LE MONDE CROIE QUE JE M'ENVOIE EN L'AIR AVEC TOI DANS CHAQUE CELLULE DE CETTE PRISON !
DÉSOLÉ, MAIS CE QUE JE VAIS TE DIRE NE VA PAS ARRANGER LES CHOSES...
ÉCOUTE ALEKS, JE VAIS T'EXPLIQUER...
JE N'AI PAS ENCORE FINI !!!
JE TIENS À METTRE LES CHOSES BIEN AU POINT! JE N'AI PLUS ENVIE DE COUCHER AVEC TOI, NI DANS TON PIEU, NI SUR UNE CHAISE ÉLECTRIQUE, NI DIEU SAIT OÙ! ...
J'ESPÈRE QUE LE MESSAGE EST BIEN RENTRÉ DANS TON PETIT CRÂNE !! ...
JE TE LAISSE! LE MIEUX, C'EST QU'ON ESSAIE DE S'ÉVITER PENDANT QUELQUE TEMPS...
VOIRE MÊME TOUT LE TEMPS!
« UN PROBLÈME AVEC LES FEMMES » ...
IDIOTE DE PSY! ...
A BLOCK

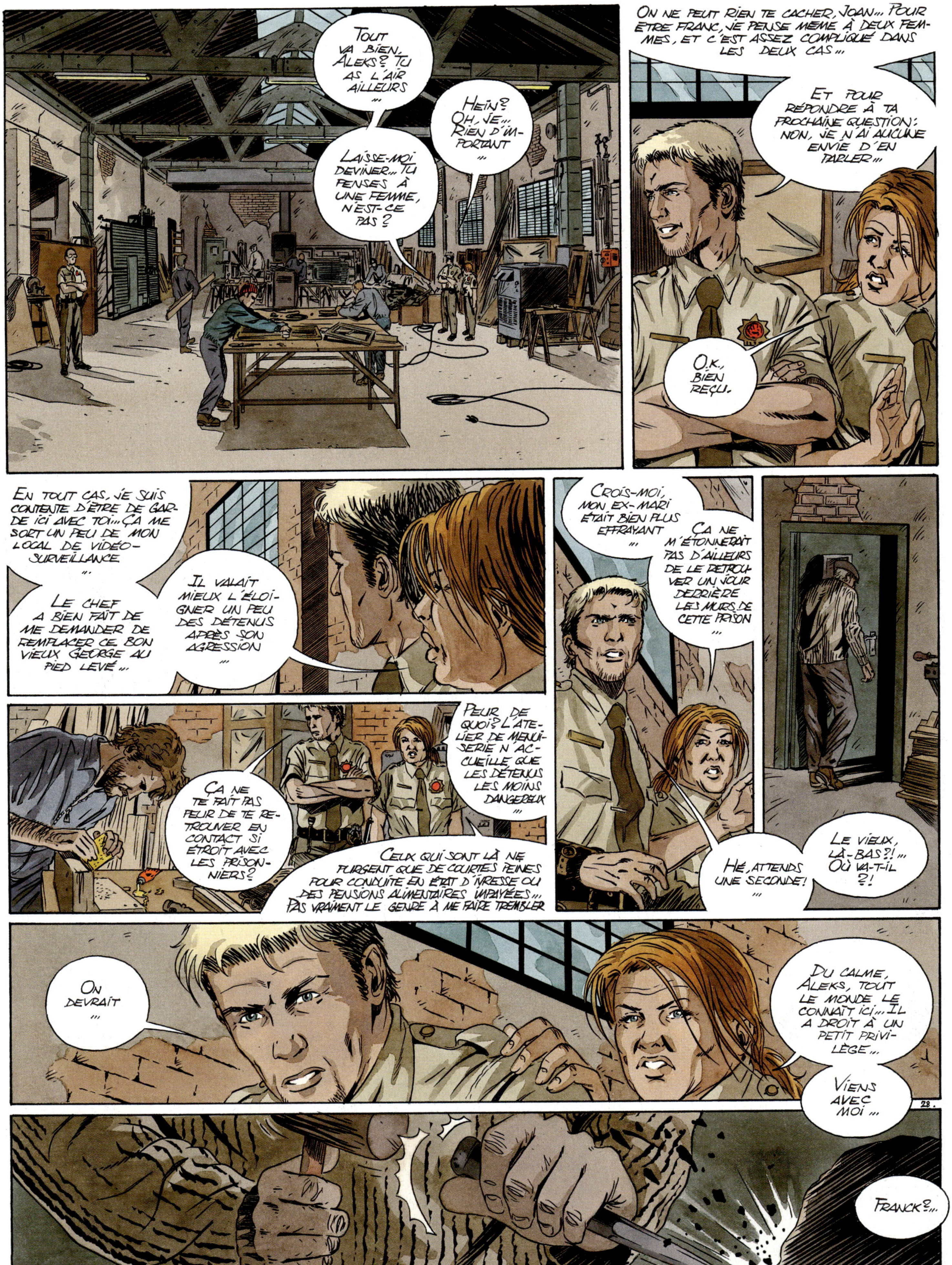
TOUT VA BIEN, ALEKS? TU AS L'AIR AILLEURS...
HEIN? OH, JE... RIEN D'IMPORTANT...
LAISSE-MOI DEVINER... TU PENSES À UNE FEMME, N'EST-CE PAS?
ON NE PEUT RIEN TE CACHER, JOAN... POUR ÊTRE FRANC, JE PENSE MÊME À DEUX FEMMES, ET C'EST ASSEZ COMPLIQUÉ DANS LES DEUX CAS...
ET POUR RÉPONDRE À TA PROCHAINE QUESTION: NON, JE N'AI AUCUNE ENVIE D'EN PARLER...
O.K., BIEN REÇU.
EN TOUT CAS, JE SUIS CONTENTE D'ÊTRE DE GARDE ICI AVEC TOI... ÇA ME SORT UN PEU DE MON LOCAL DE VIDÉO-SURVEILLANCE...
LE CHEF A BIEN FAIT DE ME DEMANDER DE REMPLACER CE BON VIEUX GEORGE AU PIED LEVÉ...
IL VALAIT MIEUX L'ÉLOIGNER UN PEU DES DÉTENUS APRÈS SON AGRESSION...
ÇA NE TE FAIT PAS PEUR DE TE RETROUVER EN CONTACT SI ÉTROIT AVEC LES PRISONNIERS?
PEUR DE QUOI? L'ATELIER DE MENUISERIE N'ACCUEILLE QUE LES DÉTENUS LES MOINS DANGEREUX...
CEUX QUI SONT LÀ NE PURGENT QUE DE COURTES PEINES POUR CONDUITE EN ÉTAT D'IVRESSE OU DES PENSIONS ALIMENTAIRES IMPAYÉES... PAS VRAIMENT LE GENRE À ME FAIRE TREMBLER
CROIS-MOI, MON EX-MARI ÉTAIT BIEN PLUS EFFRAYANT...
ÇA NE M'ÉTONNERAIT PAS D'AILLEURS DE LE RETROUVER UN JOUR DERRIÈRE LES MURS DE CETTE PRISON...
HÉ, ATTENDS UNE SECONDE!...
LE VIEUX, LÀ-BAS?!... OÙ VA-T-IL?!
ON DEVRAIT...
DU CALME, ALEKS, TOUT LE MONDE LE CONNAÎT ICI... IL A DROIT À UN PETIT PRIVILÈGE...
VIENS AVEC MOI...
FRANCK?...

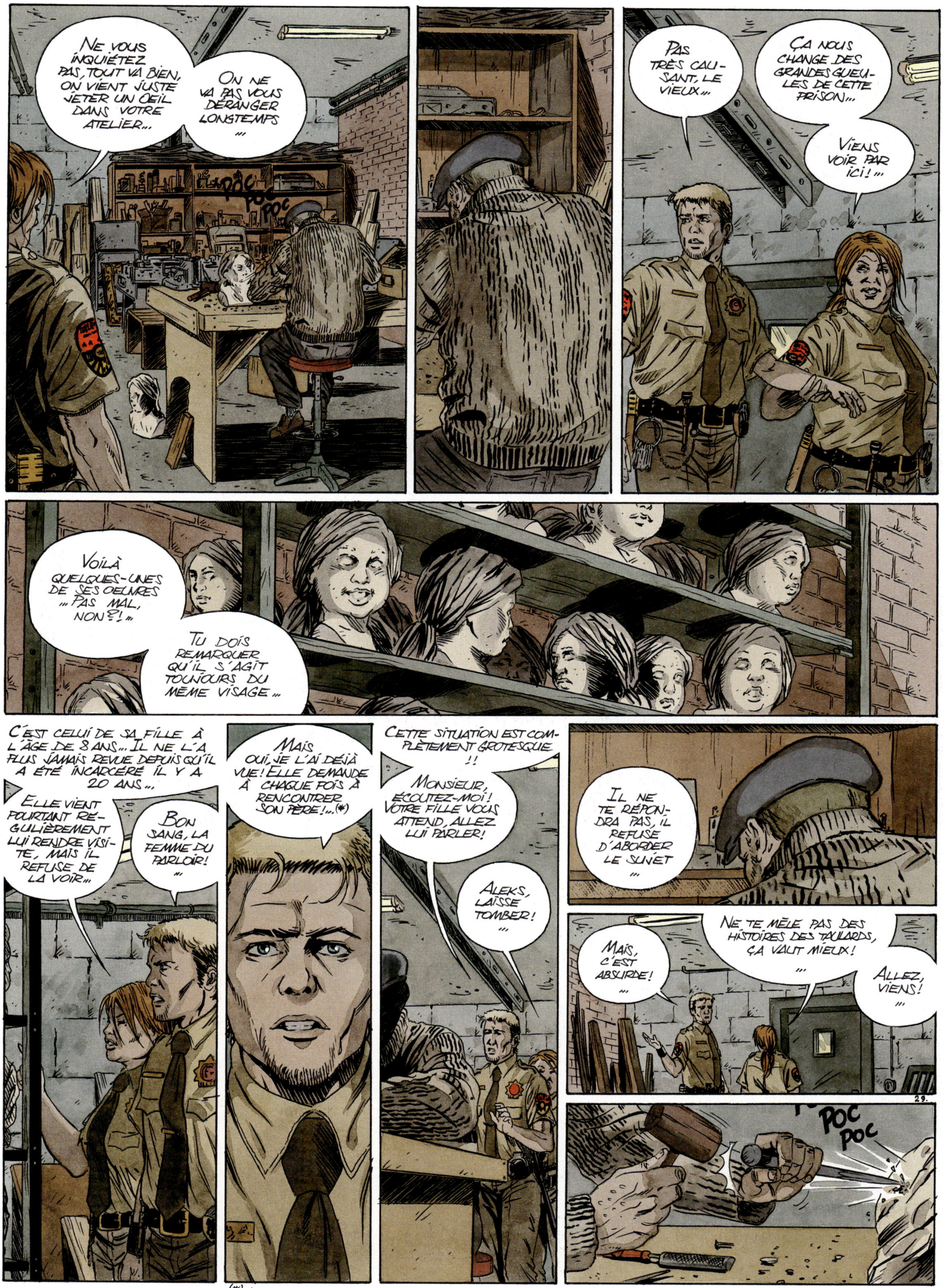

NE VOUS INQUIÉTEZ PAS, TOUT VA BIEN, ON VIENT JUSTE JETER UN OEIL DANS VOTRE ATELIER...
ON NE VA PAS VOUS DÉRANGER LONGTEMPS ...
POC POC POC
PAS TRÈS CAUSANT, LE VIEUX...
ÇA NOUS CHANGE DES GRANDES GUEULES DE CETTE PRISON...
VIENS VOIR PAR ICI! ...
VOILÀ QUELQUES-UNES DE SES OEUVRES ... PAS MAL, NON?! ...
TU DOIS REMARQUER QU'IL S'AGIT TOUJOURS DU MÊME VISAGE ...
C'EST CELUI DE SA FILLE À L'ÂGE DE 8 ANS... IL NE L'A PLUS JAMAIS REVUE DEPUIS QU'IL A ÉTÉ INCARCÉRÉ IL Y A 20 ANS...
ELLE VIENT POURTANT RÉGULIÈREMENT LUI RENDRE VISITE, MAIS IL REFUSE DE LA VOIR...
BON SANG, LA FEMME DU PARLOIR! ...
MAIS OUI, JE L'AI DÉJÀ VUE! ELLE DEMANDE À CHAQUE FOIS À RENCONTRER SON PÈRE! ...(*)
CETTE SITUATION EST COMPLÈTEMENT GROTESQUE !!
MONSIEUR, ÉCOUTEZ-MOI! VOTRE FILLE VOUS ATTEND, ALLEZ LUI PARLER!
ALEKS, LAISSE TOMBER! ...
IL NE TE RÉPONDRA PAS, IL REFUSE D'ABORDER LE SUJET ...
MAIS, C'EST ABSURDE! ...
NE TE MÊLE PAS DES HISTOIRES DES TAULARDS, ÇA VAUT MIEUX! ...
ALLEZ, VIENS! ...
29
POC POC

(*) LIRE TOME 1.

ON EST OÙ, LÀ ?! ... AU JARDIN D'EDEN ? ...
AH, BONSOIR, MESSIEURS ! SOYEZ LES BIENVENUS DANS CE PETIT PARADIS...
J'ESPÈRE QUE VOUS N'ÊTES PAS ALLERGIQUES AUX POLLENS EXOTIQUES !?
CET ENDROIT EST VRAIMENT ÉTONNANT, MADAME LA DIRECTRICE... ON A DU MAL À CROIRE QUE NOUS SOMMES TOUJOURS DANS L'ENCEINTE DE LA PRISON...
OUI, J'EN SUIS ASSEZ FIÈRE ... J'AI FAIT CONSTRUIRE CETTE SERRE TROPICALE DÈS MON ARRIVÉE ICI...
CELA VA SANS DOUTE VOUS PARAÎTRE GROTESQUE, MAIS JE CROIS SINCÈREMENT QUE LES PLANTES ONT UN POUVOIR APAISANT QUI PEUT VENIR À BOUT DES ÂMES LES PLUS ENDURCIES...
DES DÉTENUS TRIÉS SUR LE VOLET VIENNENT TRAVAILLER ICI QUELQUES HEURES PAR SEMAINE...
CERTAINS S'Y SONT RÉVÉLÉS DE MERVEILLEUX JARDINIERS ! ... ET ON A CONSTATÉ CHEZ EUX UNE AMÉLIORATION TRÈS NETTE DE LEUR COMPORTEMENT. EN TERME D'AGRESSIVITÉ, NOTAMMENT...
J'ESPÈRE DE TOUT CŒUR QUE CETTE EXPÉRIENCE SERA SUIVIE DANS D'AUTRES PÉNITENCIERS DU PAYS...
SNAP !
JE VOUS ÉCOUTE ... LEQUEL DE MES GARDIENS EST CE PSYCHOPATHE ASSOIFFÉ DE SANG QUI A COMMIS CES HORRIBLES MEURTRES ? ...
MAIS J'IMAGINE QUE TOUT CELA VOUS INTÉRESSE FORT PEU ... SI VOUS ME DISIEZ PLUTÔT OÙ VOUS EN ÊTES DANS LE CADRE DE VOTRE ENQUÊTE ...
MR. WOODS M'A FAIT PART DE VOTRE INITIATIVE D'INTERROGER LE PERSONNEL PÉNITENTIAIRE...

CELA VA SANS DOUTE VOUS FAIRE PLAISIR, MADAME, MAIS IL SEMBLERAIT QUE NOUS AYONS FAIT FAUSSE ROUTE...
APRÈS VÉRIFICATION, NOUS AVONS FINALEMENT ÉCARTÉ NOTRE PRINCIPAL SUSPECT, UN CERTAIN NORMAN SKINNER...
MAIS JE TIENS PERSONNELLEMENT À VOUS METTRE EN GARDE CONTRE LUI... CET HOMME HÉBERGE UN FRÈRE EN LIBERTÉ CONDITIONNELLE PARTICULIÈREMENT INSTABLE, ET PRÉSENTE LUI-MÊME QUELQUES TROUBLES DU COMPORTEMENT ASSEZ INQUIÉTANTS...
CELA FAIT BEAUCOUP POUR UN GARDIEN EN CONTACT PERMANENT AVEC DES DÉTENUS...
VOUS LIREZ AUSSI DANS NOTRE RAPPORT COMMENT IL S'EST INTRODUIT DANS LE BUREAU DE SON SUPÉRIEUR HIÉRARCHIQUE CETTE NUIT DANS LE BUT DE PRÉSERVER SES INTÉRÊTS...
ASSEZ ÉDIFIANT...
J'EN PRENDS BONNE NOTE... AUTRE CHOSE ?...
MALHEUREUSEMENT, NON...
UN BILAN BIEN MAIGRE, AVOUEZ-LE !...
LE SEUL POINT POSITIF EST QU'IL N'Y A PAS EU D'AUTRES MEURTRES DEPUIS VOTRE ARRIVÉE ICI... JE M'EN CONTENTERAI...
PAS QUESTION POUR NOUS DE RENONCER, MADAME... NOUS REPRENDRONS L'ENQUÊTE À ZÉRO DEMAIN DÈS LA PREMIÈRE HEURE... ET CETTE FOIS, IL N'Y AURA PLUS D'ERREUR DE NOTRE PART...
J'OSE L'ESPÉRER...
MERCI POUR VOTRE COMPTE RENDU, MESSIEURS, VOUS POUVEZ ME LAISSER...
MADAME LA DIRECTRICE ?
?!
JE SUIS SINCÈREMENT DÉSOLÉ...

VITO MANCINO EN TRAIN DE MANGER DES PÂTES... LE MAFIEUX SICILIEN DANS TOUTE SA SPLENDEUR! ...
QUAND JE PENSE QUE TU N'AS SÛREMENT JAMAIS MIS LES PIEDS EN ITALIE!! ...
OH, LE CHEF WOODS QUI SE DÉPLACE EN PERSONNE! J'EN SUIS FLATTÉ... POURQUOI UN TEL HONNEUR?...
LA DIRECTRICE VIENT D'APPELER. ELLE DEMANDE À TE VOIR.
ÇA AVAIT L'AIR URGENT...
ALORS TU VAS LAISSER TOMBER TES SPAGHETTIS «AL DENTE» ET NOUS SUIVRE SANS FAIRE D'HISTOIRE...
IL VA VOUS FALLOIR PATIENTER UN PEU, CHEF... RIEN NE JUSTIFIE QUE J'ABANDONNE CE MAGNIFIQUE PLAT QUI M'A ÉTÉ PRÉPARÉ AVEC SOIN ET QUI EST VÉRITABLEMENT HORS DE PRIX!...
FAIRE ENTRER DU PARMESAN FRAIS DANS CETTE PRISON COÛTE UNE PETITE FORTUNE!...
J'AI DIT, SANS FAIRE D'HISTOIRE!!!
UUURGH! ..
PERSONNE NE BOUGE!!
ON REPREND À ZÉRO, MANCINO!
ASSIS, BORDEL!!!
UUUNH... LÂCHEZ-MOI!
LA DIRECTRICE A DEMANDÉ À TE VOIR... TOUT DE SUITE!...
WOIDA, LES MENOTTES!!
DÉSOLÉ DE TE RAMENER À LA DURE RÉALITÉ DE CE PÉNITENCIER, MAIS TU N'ES PLUS LE CAÏD QUI GÈRE SON BUSINESS DANS L'ARRIÈRE-SALLE DE SON RESTAURANT!...
TU N'ES QU'UN DÉTENU COMME UN AUTRE ICI... TU PEUX D'AILLEURS FAIRE UNE CROIX SUR TES PASSE-DROITS HABITUELS...
C'EST LA DERNIÈRE FOIS QUE TU MANGES DES PÂTES AU PARMESAN DANS CETTE PRISON, FAIS-MOI CONFIANCE!...
ALLEZ, BOUGE!! ...
C WING

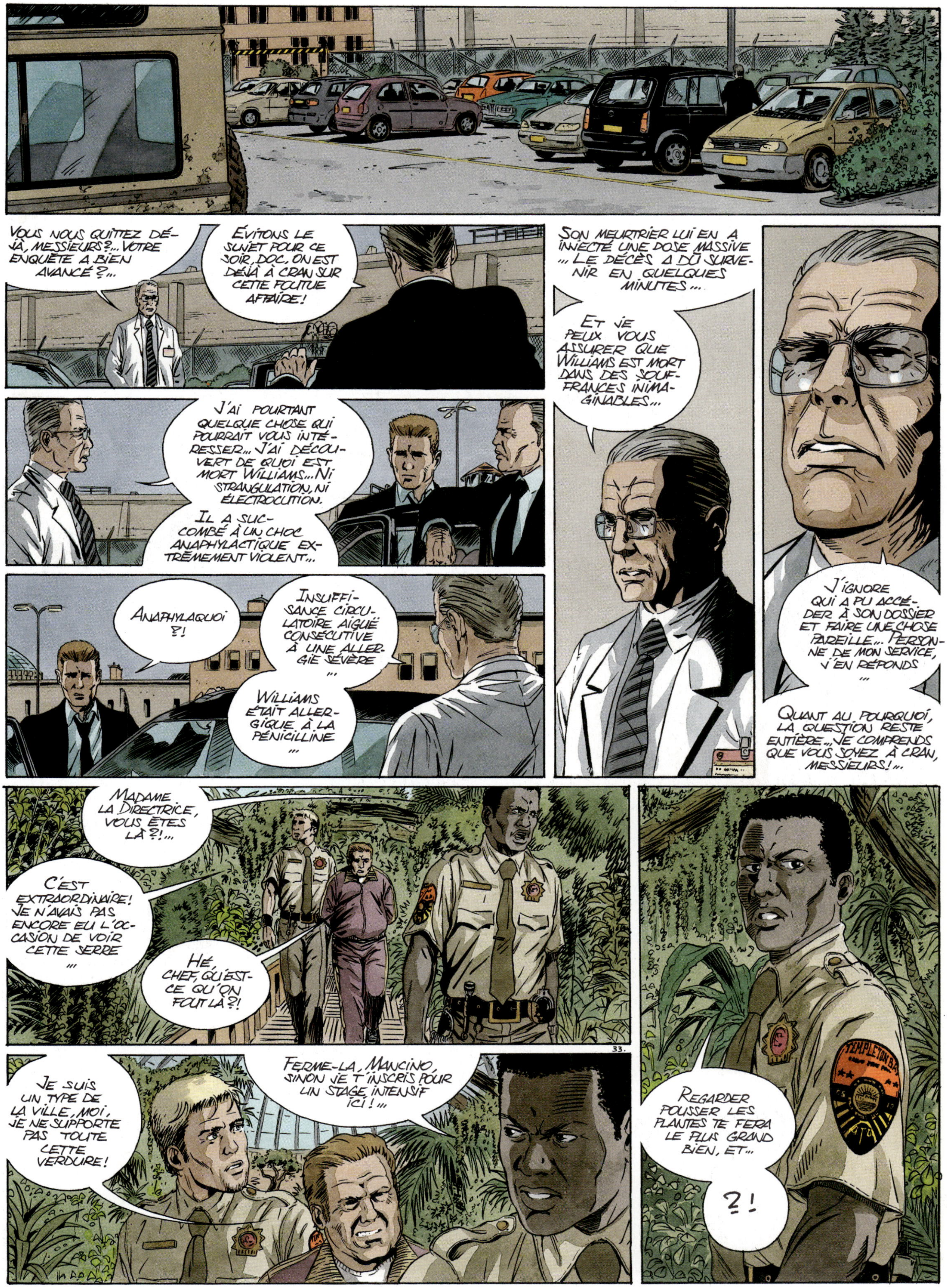
VOUS NOUS QUITTEZ DÉJÀ, MESSIEURS ?... VOTRE ENQUÊTE A BIEN AVANCÉ ?...
ÉVITONS LE SUJET POUR CE SOIR, DOC. ON EST DÉJÀ À CRAN SUR CETTE FOUTUE AFFAIRE !
J'AI POURTANT QUELQUE CHOSE QUI POURRAIT VOUS INTÉRESSER... J'AI DÉCOUVERT DE QUOI EST MORT WILLIAMS... NI STRANGULATION, NI ÉLECTROCUTION.
IL A SUCCOMBÉ À UN CHOC ANAPHYLACTIQUE EXTRÊMEMENT VIOLENT...
ANAPHYLAQUOI ?!
INSUFFISANCE CIRCULATOIRE AIGUË CONSÉCUTIVE À UNE ALLERGIE SÉVÈRE...
WILLIAMS ÉTAIT ALLERGIQUE À LA PÉNICILLINE...
SON MEURTRIER LUI EN A INJECTÉ UNE DOSE MASSIVE... LE DÉCÈS A DÛ SURVENIR EN QUELQUES MINUTES...
ET JE PEUX VOUS ASSURER QUE WILLIAMS EST MORT DANS DES SOUFFRANCES INIMAGINABLES...
J'IGNORE QUI A PU ACCÉDER À SON DOSSIER ET FAIRE UNE CHOSE PAREILLE... PERSONNE DE MON SERVICE, J'EN RÉPONDS...
QUANT AU POURQUOI, LA QUESTION RESTE ENTIÈRE... JE COMPRENDS QUE VOUS SOYEZ À CRAN, MESSIEURS !...
MADAME LA DIRECTRICE, VOUS ÊTES LÀ ?!...
C'EST EXTRAORDINAIRE ! JE N'AVAIS PAS ENCORE EU L'OCCASION DE VOIR CETTE SERRE...
HÉ, CHEF, QU'EST-CE QU'ON FOUT LÀ ?!
33.
JE SUIS UN TYPE DE LA VILLE, MOI, JE NE SUPPORTE PAS TOUTE CETTE VERDURE !
FERME-LA, MANCINO, SINON JE T'INSCRIS POUR UN STAGE INTENSIF ICI !...
TEMPLETON B.
REGARDER POUSSER LES PLANTES TE FERA LE PLUS GRAND BIEN, ET...
?!

BORDEL, QUE... ?!
MMH... MMMH! ...
ATTENDEZ, MADAME LA DIRECTRICE, JE VAIS...
VOUS N'ALLEZ RIEN FAIRE DU TOUT, CHEF WOODS!...
HEIN?!
MINGHIA! À QUOI ILS JOUENT, CES VIEUX CROULANTS?!
NOUS SOMMES BIEN PLUS QUE DES VIEUX CROULANTS, MANCINO...
NOUS SOMMES LES VÉRITABLES MAÎTRES DE CETTE PRISON!...
ET AUJOURD'HUI, NOUS COMPTONS BIEN LE PROUVER À TOUT LE MONDE !!
CONTRAIREMENT AUX APPARENCES, CE NE SONT PAS LES CHEFS DE GANGS OU LES AGENTS PÉNITENTIAIRES QUI DÉTIENNENT LE POUVOIR ABSOLU ICI!
MAIS NOUS!!
NOUS NE SOMMES PLUS EN ÂGE DE FAIRE DES FARCES, CHEF!
JETEZ VOS CEINTURONS, TOUS LES DEUX! ...
VITE!! ...
ÉCOUTEZ, SI C'EST UNE BLAGUE ...
BON SANG, C'EST RIDICULE!! VOUS ÊTES TOUS DES PRISONNIERS MODÈLES! VOUS ÊTES LÀ DEPUIS SI LONGTEMPS, VOUS N'AVEZ JAMAIS FAIT D'HISTOIRE! ...
DÉSOLÉ DE VOUS DÉCEVOIR, CHEF, NOUS N'AVONS RIEN CONTRE VOUS...
NOUS SOMMES LÀ POUR MANCINO! ...
ÉCOUTEZ, LES GARS, JE... JE NE SAIS PAS CE QUE VOUS VOULEZ, MAIS ON PEUT SÛREMENT TROUVER UN ARRANGEMENT! ...
JE VOUS FERAI OBTENIR TOUT CE QUE VOUS VOULEZ DANS CETTE PRISON! ET ÇA NE VOUS COÛTERA PAS UN ROND...

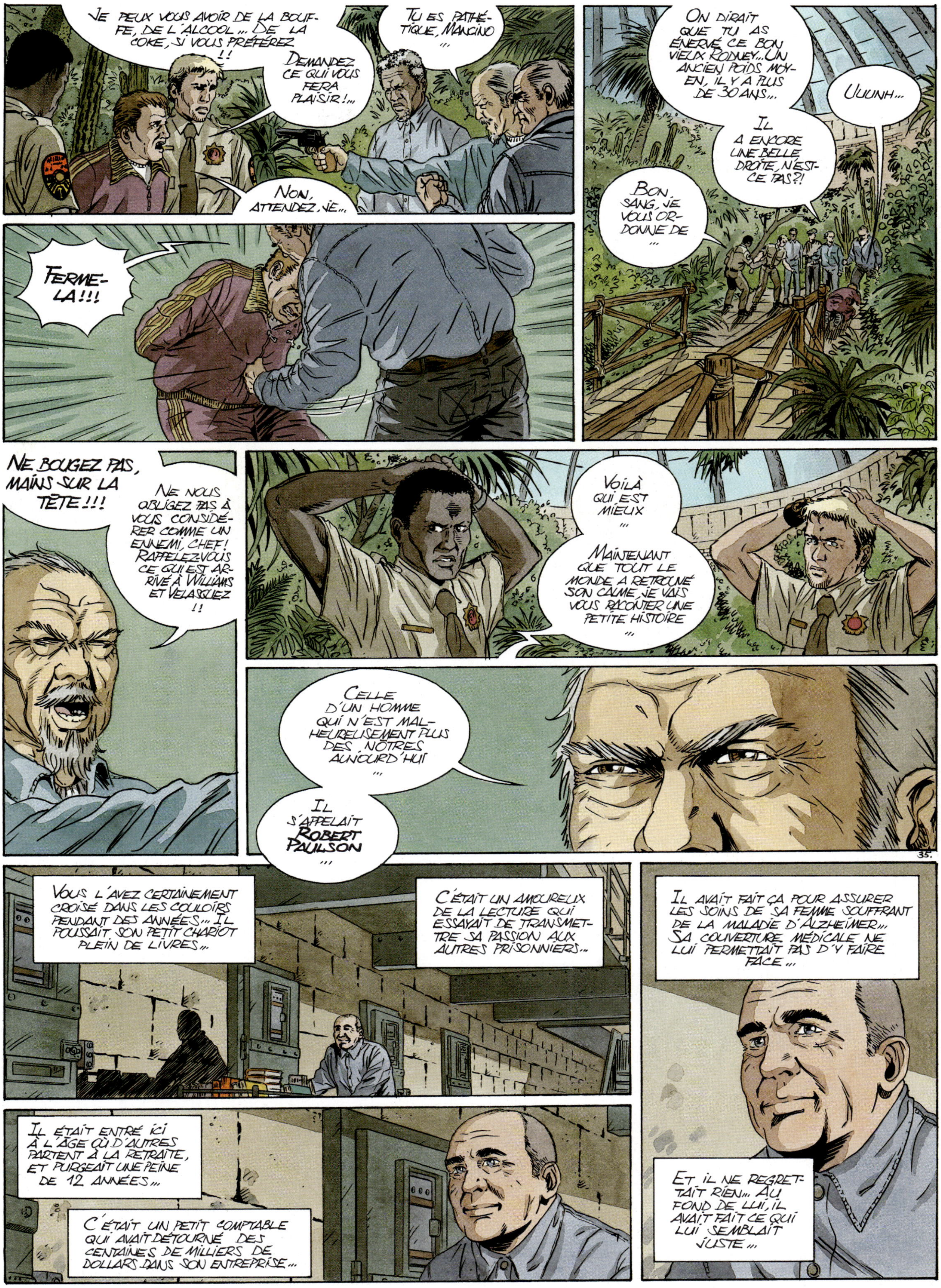

JE PEUX VOUS AVOIR DE LA BOUFFE, DE L'ALCOOL... DE LA COKE, SI VOUS PRÉFÉREZ !!
DEMANDEZ CE QUI VOUS FERA PLAISIR !...
TU ES PATHÉTIQUE, MANCINO...
NON, ATTENDEZ, JE...
FERME-LA !!!
ON DIRAIT QUE TU AS ÉNERVÉ CE BON VIEUX RODNEY... UN ANCIEN POIDS MOYEN, IL Y A PLUS DE 30 ANS...
UUUNH...
IL A ENCORE UNE BELLE DROITE, N'EST-CE PAS ?!
BON SANG, JE VOUS ORDONNE DE...
NE BOUGEZ PAS, MAINS SUR LA TÊTE !!!
NE NOUS OBLIGEZ PAS À VOUS CONSIDÉRER COMME UN ENNEMI, CHEF ! RAPPELEZ-VOUS CE QUI EST ARRIVÉ À WILLIAMS ET VELASQUEZ !!
VOILÀ QUI EST MIEUX...
MAINTENANT QUE TOUT LE MONDE A RETROUVÉ SON CALME, JE VAIS VOUS RACONTER UNE PETITE HISTOIRE...
CELLE D'UN HOMME QUI N'EST MALHEUREUSEMENT PLUS DES NÔTRES AUJOURD'HUI...
IL S'APPELAIT ROBERT PAULSON...
VOUS L'AVEZ CERTAINEMENT CROISÉ DANS LES COULOIRS PENDANT DES ANNÉES... IL POUSSAIT SON PETIT CHARIOT PLEIN DE LIVRES...
C'ÉTAIT UN AMOUREUX DE LA LECTURE QUI ESSAYAIT DE TRANSMETTRE SA PASSION AUX AUTRES PRISONNIERS...
IL AVAIT FAIT ÇA POUR ASSURER LES SOINS DE SA FEMME SOUFFRANT DE LA MALADIE D'ALZHEIMER... SA COUVERTURE MÉDICALE NE LUI PERMETTAIT PAS D'Y FAIRE FACE...
IL ÉTAIT ENTRÉ ICI À L'ÂGE OÙ D'AUTRES PARTENT À LA RETRAITE, ET PURGEAIT UNE PEINE DE 12 ANNÉES...
C'ÉTAIT UN PETIT COMPTABLE QUI AVAIT DÉTOURNÉ DES CENTAINES DE MILLIERS DE DOLLARS DANS SON ENTREPRISE...
ET IL NE REGRETTAIT RIEN... AU FOND DE LUI, IL AVAIT FAIT CE QUI LUI SEMBLAIT JUSTE...

Très vite, il a rejoint notre groupe et nous sommes devenus inséparables... Notre âge nous rapprochait, c'est évident...
Nous formions un petit clan, discret, presque invisible, mais tellement soudé...
Et il avait raison, c'est ce que nous sommes en réalité... des rats...
Mais ces petits animaux en apparence si inoffensifs, peuvent se montrer agressifs, notamment à l'encontre de leurs congénères...
Ils n'hésitent pas à se battre entre eux pour un peu de nourriture ou le contrôle d'un territoire...
Et chaque jour, cette prison nous apporte la preuve que des êtres humains ne valent pas mieux que des rats! ...
Et nous avions même notre mascotte, ce rat que Robert avait recueilli...
Il disait d'ailleurs que tous les détenus ici étaient comme des rats, des êtres nuisibles dont la société voulait à tout prix se débarrasser...
Rappelez-vous, chef, cette émeute dans la cour, le mois dernier... Plusieurs dizaines de blacks, latinos, ritals, se sont battus et presque entretués pour une vague histoire de respect ou de code d'honneur...
36.
Oui, je me souviens... Une bagarre d'une sauvagerie inouïe... Les gaz lacrymogènes n'arrivaient pas à les disperser...
Mes gars ont dû ouvrir le feu à balles réelles ... Il y a eu des morts et de nombreux blessés.
Je faisais le ménage au premier étage du bloc E quand ça s'est passé... J'ai assisté à toute la scène par la fenêtre ...
Et c'est là que j'ai aperçu Robert au milieu de ce chaos ...
Il courait dans tous les sens à la recherche d'un abri... Il semblait complètement affolé, la violence le terrifiait...
Il serrait un livre contre lui, il aimait si souvent lire dehors, au soleil...

JE... JE N'AI PAS BIEN VU CE QUI S'EST PASSÉ, C'ÉTAIT SI CONFUS... JE CROIS QU'UN DÉTENU L'A BOUSCULÉ, OU A TENTÉ DE LE POIGNARDER ...
ROBERT A PERDU L'ÉQUILIBRE, SA TÊTE A VIOLEMMENT HEURTÉ LE SOL...
JE LUI AI CRIÉ DE SE RELEVER ET DE VENIR ME REJOINDRE... JE N'EN FINISSAIS PLUS DE HURLER, PERSUADÉ QU'IL POUVAIT ENCORE M'ENTENDRE...
MAIS AU FOND DE MOI, JE SAVAIS QUE C'ÉTAIT TERMINÉ...
ROBERT A ÉTÉ EMMENÉ À L'INFIRMERIE DANS UN ÉTAT CRITIQUE... IL A PASSÉ DEUX JOURS DANS LE COMA AVANT DE S'ÉTEINDRE DÉFINITIVEMENT...
IL ÉTAIT ALLÉ REJOINDRE SA FEMME QUI ÉTAIT MORTE QUELQUES MOIS APRÈS SON ARRIVÉE AU TEMPLE...
ON A OBTENU L'AUTORISATION DE FAIRE UNE PETITE CÉLÉBRATION EN SA MÉMOIRE DANS LA CHAPELLE DE LA PRISON... PERSONNE N'EST VENU, IL N'Y AVAIT QUE NOUS QUATRE ...
AUCUN REPRÉSENTANT DU PERSONNEL PÉNITENTIAIRE NE S'ÉTAIT DÉPLACÉ...
37.
VOUS VOUS RENDEZ COMPTE, MADAME LA DIRECTRICE ?!... UN DE VOS DÉTENUS MEURT COMME UN CHIEN ET VOUS VOUS EN MOQUEZ ÉPERDUMENT !...
J'IMAGINE QUE VOUS NE CONNAISSIEZ MÊME PAS LE NOM DE ROBERT PAULSON, C'ÉTAIT JUSTE UN NUMÉRO DE MATRICULE...
MAIS POUR NOUS, C'ÉTAIT PLUS QU'UN AMI QUI VENAIT DE NOUS QUITTER... NOUS ÉTIONS DEVENUS UNE VÉRITABLE FAMILLE, ET ON VENAIT DE NOUS ENLEVER UN FRÈRE QUE NOUS AIMIONS !...
ROBERT NE MÉRITAIT PAS DE MOURIR AINSI... UNE IMMENSE COLÈRE A TRÈS VITE SUCCÉDÉ À LA TRISTESSE !...
NOUS AVONS DÉCIDÉ DE PARTIR EN CHASSE !
IL FALLAIT RETROUVER LES RESPONSABLES DE SA MORT ! ...
LES RATS LES PLUS NUISIBLES DE CETTE PRISON QUI DEVAIENT ÊTRE EXTERMINÉS !!

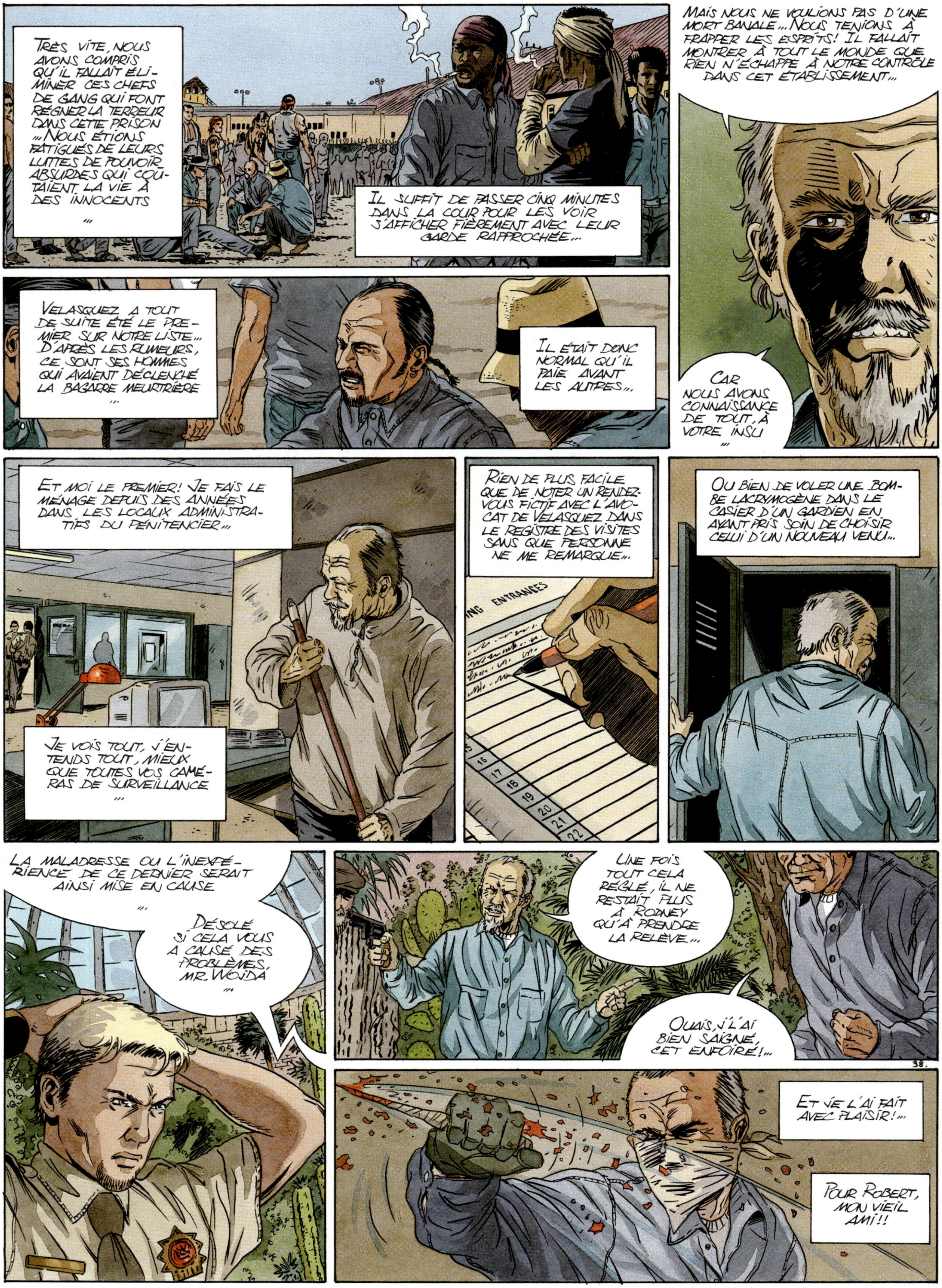
TRÈS VITE, NOUS AVONS COMPRIS QU'IL FALLAIT ÉLIMINER CES CHEFS DE GANG QUI FONT RÉGNER LA TERREUR DANS CETTE PRISON ... NOUS ÉTIONS FATIGUÉS DE LEURS LUTTES DE POUVOIR ABSURDES QUI COÛTAIENT LA VIE À DES INNOCENTS ...
IL SUFFIT DE PASSER CINQ MINUTES DANS LA COUR POUR LES VOIR S'AFFICHER FIÈREMENT AVEC LEUR GARDE RAPPROCHÉE...
MAIS NOUS NE VOULIONS PAS D'UNE MORT BANALE... NOUS TENIONS À FRAPPER LES ESPRITS! IL FALLAIT MONTRER À TOUT LE MONDE QUE RIEN N'ÉCHAPPE À NOTRE CONTRÔLE DANS CET ÉTABLISSEMENT...
VELASQUEZ A TOUT DE SUITE ÉTÉ LE PREMIER SUR NOTRE LISTE... D'APRÈS LES RUMEURS, CE SONT SES HOMMES QUI AVAIENT DÉCLENCHÉ LA BAGARRE MEURTRIÈRE ...
IL ÉTAIT DONC NORMAL QU'IL PAIE AVANT LES AUTRES...
CAR NOUS AVONS CONNAISSANCE DE TOUT, À VOTRE INSU ...
ET MOI LE PREMIER! JE FAIS LE MÉNAGE DEPUIS DES ANNÉES DANS LES LOCAUX ADMINISTRATIFS DU PÉNITENCIER...
JE VOIS TOUT, J'ENTENDS TOUT, MIEUX QUE TOUTES VOS CAMÉRAS DE SURVEILLANCE ...
RIEN DE PLUS FACILE QUE DE NOTER UN RENDEZ-VOUS FICTIF AVEC L'AVOCAT DE VELASQUEZ DANS LE REGISTRE DES VISITES SANS QUE PERSONNE NE ME REMARQUE...
ENTRANCES
OU BIEN DE VOLER UNE BOMBE LACRYMOGÈNE DANS LE CASIER D'UN GARDIEN EN AYANT PRIS SOIN DE CHOISIR CELUI D'UN NOUVEAU VENU...
LA MALADRESSE OU L'INEXPÉRIENCE DE CE DERNIER SERAIT AINSI MISE EN CAUSE ...
DÉSOLÉ SI CELA VOUS A CAUSÉ DES PROBLÈMES, MR. WOJDA ...
UNE FOIS TOUT CELA RÉGLÉ, IL NE RESTAIT PLUS À RODNEY QU'À PRENDRE LA RELÈVE...
OUAIS, J'L'AI BIEN SAIGNÉ, CET ENFOIRÉ!...
ET JE L'AI FAIT AVEC PLAISIR!...
POUR ROBERT, MON VIEIL AMI!!

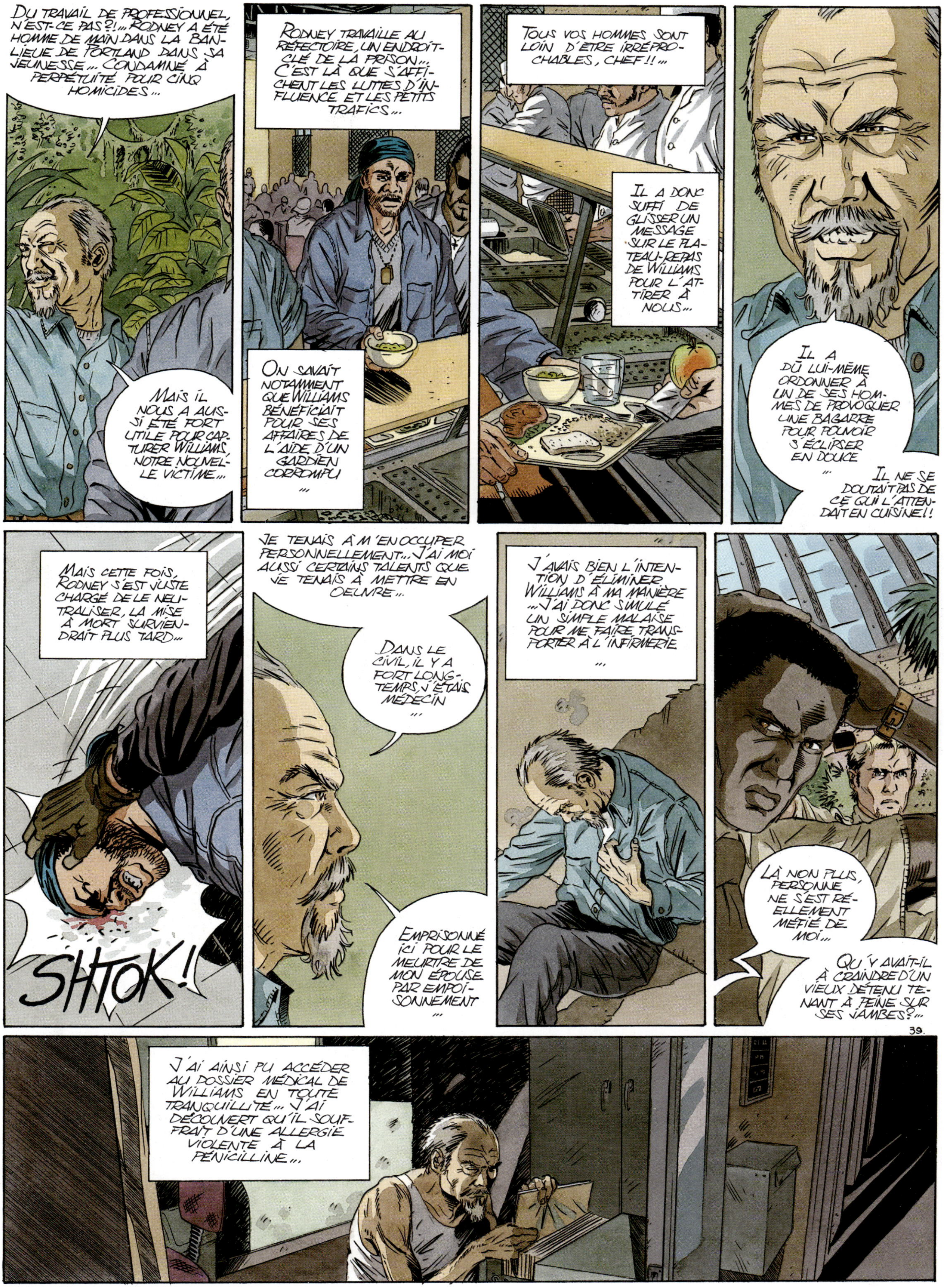
DU TRAVAIL DE PROFESSIONNEL, N'EST-CE PAS?!... RODNEY A ÉTÉ HOMME DE MAIN DANS LA BANLIEUE DE PORTLAND DANS SA JEUNESSE... CONDAMNÉ À PERPÉTUITÉ POUR CINQ HOMICIDES...
MAIS IL NOUS A AUSSI ÉTÉ FORT UTILE POUR CAPTURER WILLIAMS, NOTRE NOUVELLE VICTIME...
RODNEY TRAVAILLE AU RÉFECTOIRE, UN ENDROIT-CLÉ DE LA PRISON... C'EST LÀ QUE S'AFFICHENT LES LUTTES D'INFLUENCE ET LES PETITS TRAFICS...
ON SAVAIT NOTAMMENT QUE WILLIAMS BÉNÉFICIAIT POUR SES AFFAIRES DE L'AIDE D'UN GARDIEN CORROMPU...
TOUS VOS HOMMES SONT LOIN D'ÊTRE IRRÉPROCHABLES, CHEF!!...
IL A DONC SUFFI DE GLISSER UN MESSAGE SUR LE PLATEAU-REPAS DE WILLIAMS POUR L'ATTIRER À NOUS...
IL A DÛ LUI-MÊME ORDONNER À UN DE SES HOMMES DE PROVOQUER UNE BAGARRE POUR POUVOIR S'ÉCLIPSER EN DOUCE...
IL NE SE DOUTAIT PAS DE CE QUI L'ATTENDAIT EN CUISINE!!
MAIS CETTE FOIS, RODNEY S'EST JUSTE CHARGÉ DE LE NEUTRALISER, LA MISE À MORT SURVIENDRAIT PLUS TARD...
SHTOK!
JE TENAIS À M'EN OCCUPER PERSONNELLEMENT... J'AI MOI AUSSI CERTAINS TALENTS QUE JE TENAIS À METTRE EN OEUVRE...
DANS LE CIVIL, IL Y A FORT LONGTEMPS, J'ÉTAIS MÉDECIN...
EMPRISONNÉ ICI POUR LE MEURTRE DE MON ÉPOUSE PAR EMPOISONNEMENT...
J'AVAIS BIEN L'INTENTION D'ÉLIMINER WILLIAMS À MA MANIÈRE... J'AI DONC SIMULÉ UN SIMPLE MALAISE POUR ME FAIRE TRANSPORTER À L'INFIRMERIE...
LÀ NON PLUS, PERSONNE NE S'EST RÉELLEMENT MÉFIÉ DE MOI...
QU'Y AVAIT-IL À CRAINDRE D'UN VIEUX DÉTENU TENANT À PEINE SUR SES JAMBES?...
39.
J'AI AINSI PU ACCÉDER AU DOSSIER MÉDICAL DE WILLIAMS EN TOUTE TRANQUILLITÉ... J'AI DÉCOUVERT QU'IL SOUFFRAIT D'UNE ALLERGIE VIOLENTE À LA PÉNICILLINE...

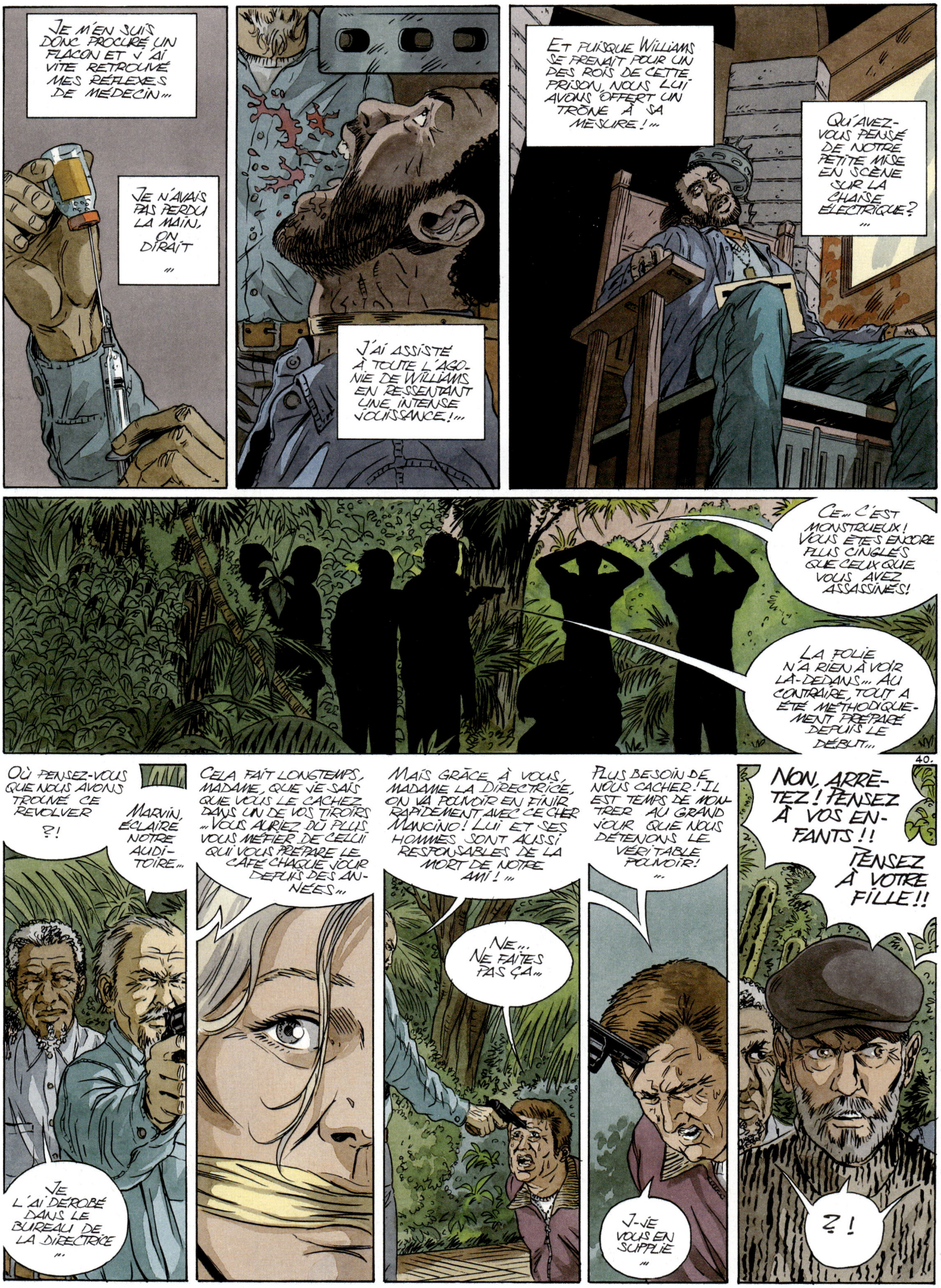
JE M'EN SUIS DONC PROCURÉ UN FLACON ET J'AI VITE RETROUVÉ MES RÉFLEXES DE MÉDECIN...
JE N'AVAIS PAS PERDU LA MAIN, ON DIRAIT ...
J'AI ASSISTÉ À TOUTE L'AGONIE DE WILLIAMS EN RESSENTANT UNE INTENSE JOUISSANCE !...
ET PUISQUE WILLIAMS SE PRENAIT POUR UN DES ROIS DE CETTE PRISON, NOUS LUI AVONS OFFERT UN TRÔNE À SA MESURE !...
QU'AVEZ-VOUS PENSÉ DE NOTRE PETITE MISE EN SCÈNE SUR LA CHAISE ÉLECTRIQUE ? ...
CE... C'EST MONSTRUEUX ! VOUS ÊTES ENCORE PLUS CINGLÉS QUE CEUX QUE VOUS AVEZ ASSASSINÉS !
LA FOLIE N'A RIEN À VOIR LÀ-DEDANS... AU CONTRAIRE, TOUT A ÉTÉ MÉTHODIQUEMENT PRÉPARÉ DEPUIS LE DÉBUT...
OÙ PENSEZ-VOUS QUE NOUS AVONS TROUVÉ CE REVOLVER ?!
MARVIN, ÉCLAIRE NOTRE AUDITOIRE...
JE L'AI DÉROBÉ DANS LE BUREAU DE LA DIRECTRICE ...
CELA FAIT LONGTEMPS, MADAME, QUE JE SAIS QUE VOUS LE CACHEZ DANS UN DE VOS TIROIRS ...VOUS AURIEZ DÛ PLUS VOUS MÉFIER DE CELUI QUI VOUS PRÉPARE LE CAFÉ CHAQUE JOUR DEPUIS DES ANNÉES...
MAIS GRÂCE À VOUS, MADAME LA DIRECTRICE, ON VA POUVOIR EN FINIR RAPIDEMENT AVEC CE CHER MANCINO ! LUI ET SES HOMMES SONT AUSSI RESPONSABLES DE LA MORT DE NOTRE AMI ! ...
NE... NE FAITES PAS ÇA...
PLUS BESOIN DE NOUS CACHER ! IL EST TEMPS DE MONTRER AU GRAND JOUR QUE NOUS DÉTENONS LE VÉRITABLE POUVOIR ! ...
J-JE VOUS EN SUPPLIE ...
NON, ARRÊTEZ ! PENSEZ À VOS ENFANTS !! PENSEZ À VOTRE FILLE !!
?!
40.

VOUS AVEZ TOUS UNE VIE À L'EXTÉRIEUR DE CES MURS!... FRANK, ÉCOUTEZ-MOI!!!
JE SUIS SÛR QUE VOUS NE VOULEZ PAS FAIRE UNE CHOSE PAREILLE!! VOUS VALEZ BIEN MIEUX QUE ÇA!! ...
J'AI VU VOS SCULPTURES! ELLES SONT MAGNIFIQUES !!!
VOUS N'ÊTES PAS UN ASSASSIN, VOUS ÊTES UN ARTISTE AVANT TOUT!!
WOJDA, FERMEZ-LA!!!
VOUS ÊTES UN PÈRE !!
JE SAIS QU'IL Y A DE L'HUMANITÉ AU FOND DE VOUS! FAITES CESSER CETTE FOLIE, FAITES-LE POUR VOTRE FILLE !!!
ELLE A ASSEZ SOUFFERT! NE LUI LAISSEZ PAS CETTE DERNIÈRE IMAGE DE VOUS! ...
NON, VOUS NE COMPRENEZ PAS... ON A TOUT PERDU EN ENTRANT ICI... TOUT!!
NOTRE VIE D'AVANT N'EXISTE PLUS... IL NE RESTE QUE QUELQUES SOUVENIRS... SI LOINTAINS, COMME DES RÊVES...
AUJOURD'HUI, NOTRE SEULE ET UNIQUE FAMILLE EST ICI... C'EST TOUT CE QUI COMPTE ...
NOUS SOMMES DES FRÈRES...
OUI, DES FRÈRES DE SANG ...
ET ON NE TOUCHE PAS À L'UN DES NÔTRES IMPUNÉMENT ...
PITIÉ ...
NOOON
BLAM!

ILS SE SONT RENDUS SANS RÉSISTANCE APRÈS AVOIR FROIDEMENT ABATTU MANCINO ... ILS N'EN AVAIENT PAS APRÈS NOUS ...
ILS SONT ALLÉS AU BOUT DE LEUR LOGIQUE MEURTRIÈRE... ET ON N'A RIEN PU FAIRE POUR EMPÊCHER ÇA...
ILS VOULAIENT JUSTE QUE NOUS SOYONS LES TÉMOINS DE CETTE DERNIÈRE MISE À MORT... ILS LUI ONT DONNÉ UNE DIMENSION PRESQUE THÉÂTRALE, EN CHOISISSANT LEUR PUBLIC, LEUR DÉCOR, COMME S'ILS SOUHAITAIENT QUITTER LA SCÈNE EN PLEINE LUMIÈRE...
J'AI BEAU SCRUTER LEURS VISAGES, JE N'Y LIS AUCUNS REMORDS, AUCUNE TRACE DE DOUTE... JE NE VOIS QUE DES INDIVIDUS DÉTERMINÉS, SATISFAITS DU DEVOIR ACCOMPLI...
42.
C'EST PRESQUE EFFRAYANT DE VOIR AVEC QUELLE FACILITÉ CES VIEILLARDS ONT RENDU LEUR PROPRE JUSTICE... J'IMAGINE MÊME QUE CELA LEUR A DONNÉ L'IMPRESSION D'EXISTER, DE VIVRE À NOUVEAU...
CELA DEVAIT ÊTRE GRISANT POUR EUX DE SE JOUER DE NOUS, DE MONTRER QU'ILS POUVAIENT AGIR À LEUR GUISE DANS L'ENCEINTE DE CETTE PRISON...
ILS ONT SANS DOUTE ÉPROUVÉ UN SENTIMENT DE LIBERTÉ INCROYABLE...
JE RÉALISE À QUEL POINT NOUS SOMMES VÉRITABLEMENT AVEUGLES ET SOURDS À CE QUI SE PASSE RÉELLEMENT ICI...
JE ME DEMANDE D'AILLEURS QUEL SURVEILLANT SE SOUVIENT ENCORE DE CE ROBERT PAULSON...

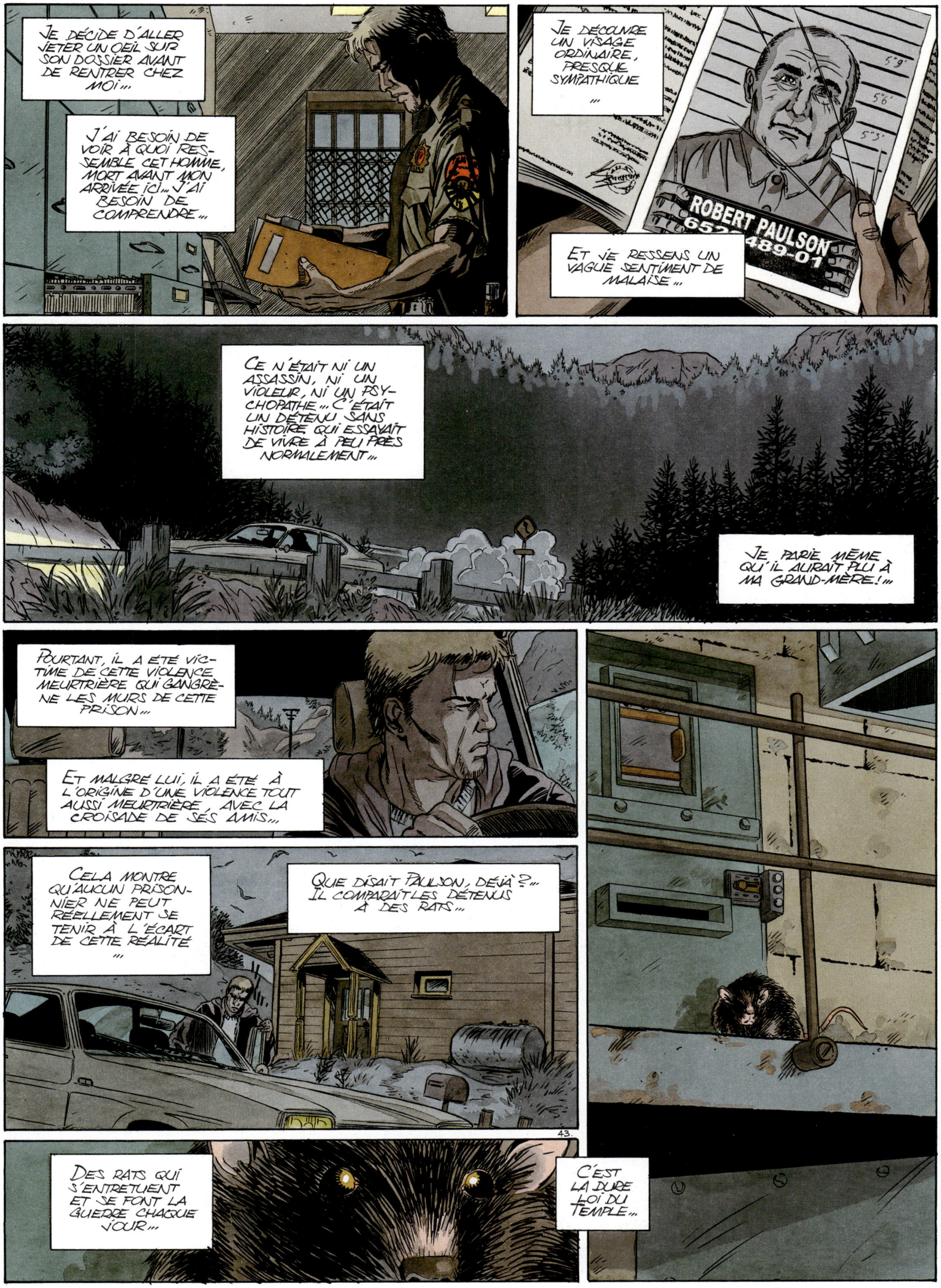

JE DÉCIDE D'ALLER JETER UN OEIL SUR SON DOSSIER AVANT DE RENTRER CHEZ MOI...
J'AI BESOIN DE VOIR À QUOI RESSEMBLE CET HOMME, MORT AVANT MON ARRIVÉE ICI... J'AI BESOIN DE COMPRENDRE...
JE DÉCOUVRE UN VISAGE ORDINAIRE, PRESQUE SYMPATHIQUE...
ROBERT PAULSON
ET JE RESSENS UN VAGUE SENTIMENT DE MALAISE...
CE N'ÉTAIT NI UN ASSASSIN, NI UN VIOLEUR, NI UN PSYCHOPATHE... C'ÉTAIT UN DÉTENU SANS HISTOIRE QUI ESSAYAIT DE VIVRE À PEU PRÈS NORMALEMENT...
JE PARIE MÊME QU'IL AURAIT PLU À MA GRAND-MÈRE!...
POURTANT, IL A ÉTÉ VICTIME DE CETTE VIOLENCE MEURTRIÈRE QUI GANGRÈNE LES MURS DE CETTE PRISON...
ET MALGRÉ LUI, IL A ÉTÉ À L'ORIGINE D'UNE VIOLENCE TOUT AUSSI MEURTRIÈRE, AVEC LA CROISADE DE SES AMIS...
CELA MONTRE QU'AUCUN PRISONNIER NE PEUT RÉELLEMENT SE TENIR À L'ÉCART DE CETTE RÉALITÉ...
QUE DISAIT PAULSON, DÉJÀ ?... IL COMPARAIT LES DÉTENUS À DES RATS...
DES RATS QUI S'ENTRETUENT ET SE FONT LA GUERRE CHAQUE JOUR...
C'EST LA DURE LOI DU TEMPLE...

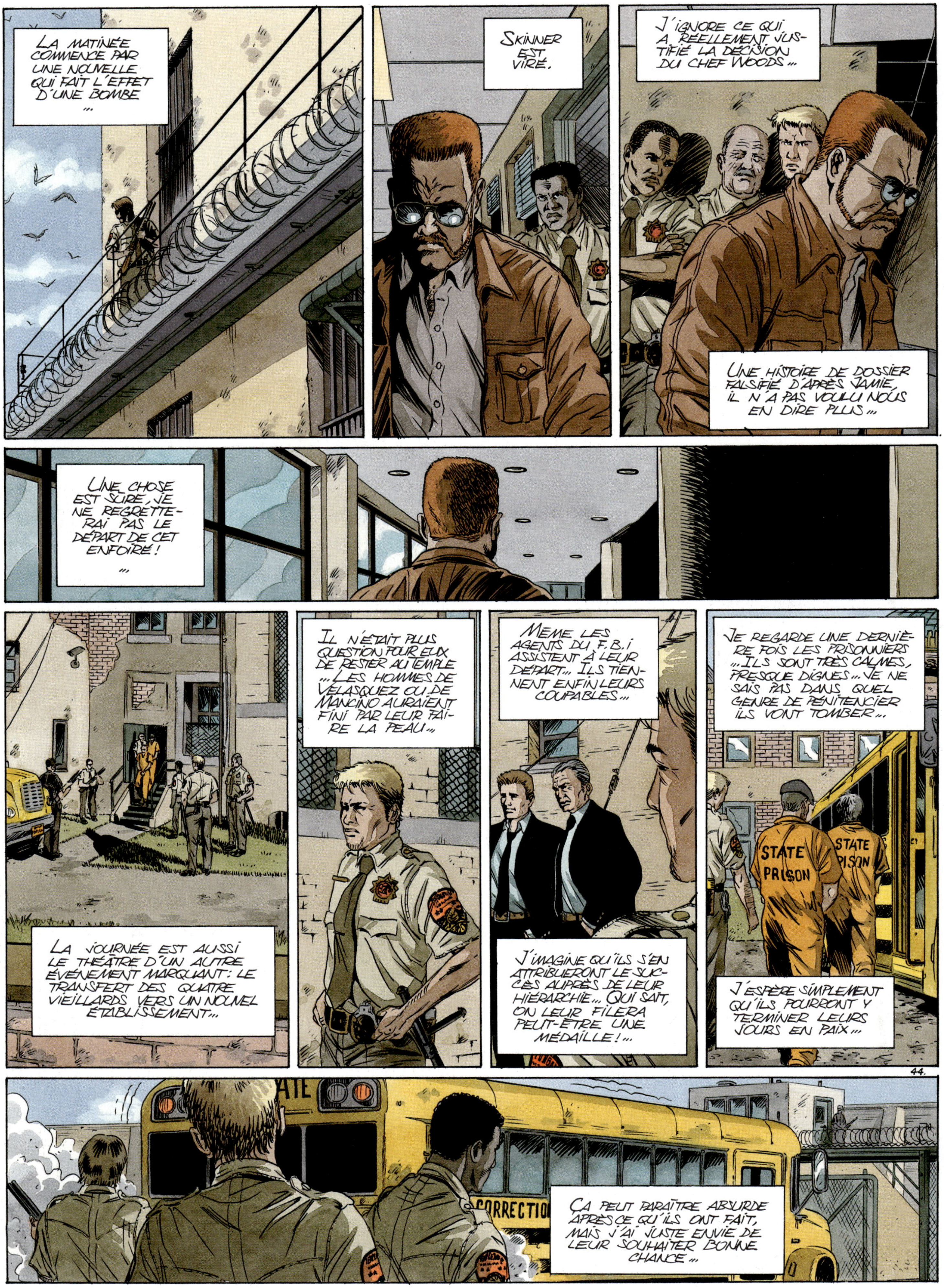
LA MATINÉE COMMENCE PAR UNE NOUVELLE QUI FAIT L'EFFET D'UNE BOMBE ...
SKINNER EST VIRÉ.
J'IGNORE CE QUI A RÉELLEMENT JUSTIFIÉ LA DÉCISION DU CHEF WOODS...
UNE HISTOIRE DE DOSSIER FALSIFIÉ D'APRÈS JAMIE, IL N'A PAS VOULU NOUS EN DIRE PLUS...
UNE CHOSE EST SÛRE, JE NE REGRETTERAI PAS LE DÉPART DE CET ENFOIRÉ! ...
LA JOURNÉE EST AUSSI LE THÉÂTRE D'UN AUTRE ÉVÉNEMENT MARQUANT: LE TRANSFERT DES QUATRE VIEILLARDS VERS UN NOUVEL ÉTABLISSEMENT...
IL N'ÉTAIT PLUS QUESTION POUR EUX DE RESTER AU TEMPLE ... LES HOMMES DE VELASQUEZ OU DE MANCINO AURAIENT FINI PAR LEUR FAIRE LA PEAU...
MÊME LES AGENTS DU F.B.I ASSISTENT À LEUR DÉPART... ILS TIENNENT ENFIN LEURS COUPABLES...
J'IMAGINE QU'ILS S'EN ATTRIBUERONT LE SUCCÈS AUPRÈS DE LEUR HIÉRARCHIE... QUI SAIT, ON LEUR FILERA PEUT-ÊTRE UNE MÉDAILLE!...
JE REGARDE UNE DERNIÈRE FOIS LES PRISONNIERS ... ILS SONT TRÈS CALMES, PRESQUE DIGNES... JE NE SAIS PAS DANS QUEL GENRE DE PÉNITENCIER ILS VONT TOMBER...
STATE PRISON
STATE PRISON
J'ESPÈRE SIMPLEMENT QU'ILS POURRONT Y TERMINER LEURS JOURS EN PAIX...
ÇA PEUT PARAÎTRE ABSURDE APRÈS CE QU'ILS ONT FAIT, MAIS J'AI JUSTE ENVIE DE LEUR SOUHAITER BONNE CHANCE...

CORRECTIONS
243
21

OUAH!
BONSOIR, ALEKS...
VOUS PRÉFÉREZ RESTER SEUL ? ...
POUR ÊTRE FRANC, J'ESPÉRAIS UN PEU VOUS CROISER ICI...
RASSUREZ-MOI, VOUS NE PARTIREZ PAS EN COURANT, CETTE FOIS-CI ?! ...
JE... JE SUIS DÉSOLÉE POUR HIER MATIN...
ON POURRAIT RECOMMENCER À ZÉRO ? ...
QU'EST-CE QUE VOUS EN DITES ? ...
FIN
DESSIN : GIHEF
SCÉNARIO : CALLÈDE
COULEUR : D. KATHELYN